SERENA GIULIANO

Serena Giuliano est italienne et vit à Metz. Sur ses blogs et dans ses livres, elle rit de son rôle de mère, s'indigne sur la condition féminine et la cuisson des pâtes. Deux causes chères à son cœur. Elle signe ici son premier roman.

Retrouvez toute l'actualité de l'auteur
Sur facebook : https://fr-fr.facebook.com/serenagiulianolaktaf/
Sur instagram : @serena_giuliano_

CIAO BELLA

SERENA GIULIANO

CIAO BELLA

cherche midi

MIXTE
Papier issu de sources responsables
FSC www.fsc.org
FSC® C003309

Pocket, une marque d'Univers Poche,
est un éditeur qui s'engage pour la préservation
de l'environnement et qui utilise du papier fabriqué
à partir de bois provenant de forêts gérées
de manière responsable.

ISBN 978-2-266-29627-4
Dépôt légal : mars 2020

Il mare è una malattia al contrario.
Se la fai da bambino, poi non guarisci più.

« La mer est une maladie à l'envers.
Si tu l'attrapes petit, tu n'en guéris plus jamais. »
Guido Fruscoloni

... poi un giorno mi prese il treno, l'erba,
il prato e quello che era mio, scomparivano piano piano,
e piangendo parlai con Dio.

« ... puis, un jour, le train m'a emportée ;
l'herbe, les prés et tout ce qui m'appartenait
disparaissaient lentement
et, en pleurant, je pleurais avec Dieu. »
Montagne verdi, Marcella Bella

Per te nonna mia.
Pour vous mes enfants.

2010

Fiducia

6 août

« Je suis très perturbée par cette nouvelle grossesse : je fais des cauchemars, des crises de panique incontrôlables ; j'ai des idées noires. J'en arrive à espérer que cet enfant quitte mon corps. Je l'ai pourtant vraiment désiré.

— Hum, hum, continuez…

— Est-ce que vous êtes une psy du genre à juste faire "hum, hum", ou vous avez un vocabulaire plus riche que la plupart de vos confrères que j'ai déjà pu rencontrer, et qui ne m'ont jamais revue ensuite ?

— Ah, ah ! Au moins, vous êtes directe ! On va bien s'entendre, Anna. Ne vous inquiétez pas, vous aurez tout le loisir de découvrir l'étendue de mon vocabulaire mais, avant ça, j'ai besoin de comprendre. Il va falloir me faire confiance.

— Et pourquoi je vous ferais confiance ? Je ne vous connais pas, c'est notre première séance : je suis arrivée là par hasard, parce que j'en ai marre, que je suis à bout et que je hais tout le monde, à commencer par moi-même.

— Eh bien, pour toutes les raisons que vous venez de citer. »

Je referme la porte de cet endroit sinistre. Quand il s'agit d'un psychologue mis à disposition par la ville, il ne faut pas s'attendre à du parquet et à un divan moelleux. Il n'y a même pas de divan, d'ailleurs. Une vieille chaise d'un bleu criard, un bureau premier prix, et des tableaux très laids au mur. Une symphonie du moche en ré laideur.

Pas même un ordinateur. J'ai l'impression de faire un retour dans le passé. Aucun signe de modernité à l'horizon. Ce genre de cadre ne doit pas aider à aller mieux. Terne, triste. Comme les gens que j'ai vus dans la salle d'attente. Comme moi, sûrement. Mais bon, c'est gratuit et ça tombe bien : je suis fauchée. Alors, mes besoins de beau et d'esthétique attendront.

Blù

25 août

« Ce sera long ?
— Quoi donc ?
— Eh bien, ma thérapie.
— Oui.
— Ah.
— Vous êtes pressée ?
— Je ne suis pas du genre patiente.
— Je ne suis pas du genre à bâcler pour arranger mes impatients de patients. Je ne suis pas du genre à arranger tout court. Nous avons un travail à faire. Il va falloir coopérer. »

Je fais mine de bouder mais je crois qu'elle me plaît, elle a du répondant.

Je la trouve très belle, et j'ai déjà évoqué mon goût du beau. Elle ressemble à Jane Fonda en plus jeune. Je ne sais pas lui donner d'âge, mais je dirais qu'elle pourrait être ma mère.

Oh, elle est bien plus coquette que ma vraie mère. Un maquillage discret, une tenue sobre, chic mais actuelle. Un joli carré très blond, presque blanc comme sa peau, sur un corps menu qui pourrait faire croire à une certaine faiblesse – impression aussitôt balayée par une poignée de main ferme, de celles qui remettent les idées en place.

Elle a aussi un regard rassurant. Un regard bleu clair. Comme un accessoire qui n'aurait pas été choisi par hasard. D'ailleurs, il me rappelle ma Méditerranée.

Oui, elle me plaît au-delà de son apparence. Je ne sais pas vraiment pourquoi, et la vie m'a très vite appris qu'il ne faut pas toujours chercher à comprendre.

Miracolo

10 septembre

« Parlez-moi de votre premier accouchement.

— Hématome rétroplacentaire. Vingt-huit semaines de grossesse. Hémorragie. Transfusion. Césarienne en urgence. Grande prématurité. 1,190 kilo.

— C'est un résumé médical, Anna. J'aimerais savoir comment vous l'avez vécu, ce que cela a provoqué en vous.

— Je n'ai pas envie d'en parler.

— Très bien, nous avons tout notre temps. Nous réessaierons une autre fois.

— Non, vous ne comprenez pas, je n'aurai *jamais* envie d'en parler.

— Il va pourtant falloir.

— J'ai écrit une lettre à mon fils, à l'occasion de son premier anniversaire. Je lui ai tout "raconté" pour qu'il puisse la lire plus tard et comprendre sa venue au monde. Moi, j'ai décidé d'occulter tout ça de ma mémoire. Je ne l'ai jamais relue, elle doit être brouillonne et pleine de fautes.

— Pensez-vous pouvoir m'en confier une copie ?

— Vous ne m'obligerez pas à débriefer ?
— Non.
— Vendu ! »

Ce jour-là, c'était un lundi. Dehors, il faisait beau mais je ne le savais pas encore. Chaud, aussi. Comme dans ta couveuse. Cette petite boîte qui a remplacé mon ventre pendant deux mois.

Ce jour-là, c'était un lundi de juin. Tu devais arriver en septembre, mais la vie, Dieu, ou je ne sais qui d'autre, en a décidé autrement.

Ce jour-là, ce lundi-là, je n'ai pas vu de larmes dans les yeux de ton papa. Il avait cette expression que je n'oublierai jamais, un mélange de terreur et d'incompréhension sur un fond de bonheur qu'il craignait de laisser éclater.

Ce jour-là, je voyais ce tunnel, cette lumière dont on parle tant. Elle était là, belle, pleine. Je lui tendais les bras. Ça faisait moins mal, ça ne faisait plus peur. Mais une voix me criait que je ne pouvais pas, que je n'avais pas le droit de vous laisser. J'ai donc fait marche arrière. J'ai retrouvé la douleur. J'ai retrouvé la peur.

Ce jour-là, c'était un lundi, j'avais mal à mon ventre parce que tu n'étais plus dedans. Mal à mon cœur, qui ne comprenait pas. Mal à mes mains, d'avoir serré si fort la photo qu'on m'avait donnée de toi.

Ce jour-là, c'était un lundi, le premier de toute une série loin de toi… Comment concevoir que je fusse devenue mère, alors que je commençais à peine à réaliser que j'étais enceinte, alors que je n'ai rien vu de mon accouchement, alors qu'il n'y avait pas de berceau près de mon lit, pas de pleurs, autres que les miens, pour rythmer mes nuits ? Comment y arriver alors que ta chambre, à la maison, restait désespérément vide, alors que c'était une machine qui te donnait mon lait ? Comment admettre que, chaque jour, je devrais rentrer sans toi, en priant très fort pour que le téléphone ne sonne jamais ? Comment accepter que ce petit être d'à peine un kilo, mon fils, fut entre la vie et la mort et que personne ne pourrait me promettre qu'il me rejoindrait un jour ?

Ce jour-là, ce lundi, est le plus beau et le plus horrible de ma vie. J'ai cru mourir mais, pire, j'ai cru te perdre, toi, mon bébé. C'est là que j'ai réalisé à quel point une mère pouvait aimer. Quand j'ai compris que, plus qu'à ma propre vie, je tenais surtout à la tienne. Que chaque battement de ton cœur sur l'écran de la néonat, que chaque gramme pris était une victoire, un pas en avant, un miracle.

Ce lundi-là m'a changée à jamais. Lorsque tu es sorti de moi, on m'a remplie de bonheur et de terreur. Éprouver ces deux sentiments si différents, mais de façon si intense, est l'épreuve la plus difficile que j'ai eu à surmonter.

Ce que j'ai compris aussi, ce lundi, c'est à quel point Dieu est grand, parce qu'il n'y a que lui pour faire ça. Ce genre de miracle ne peut pas s'expliquer... Mais j'ai aussi compris, en deux mois de néonatalogie, que parfois Dieu est un connard. Qu'il prend d'autres bébés, là, juste à côté de toi. Qu'il fait hurler de désarroi et d'horreur des parents. D'un cri qui résonnera dans ma tête à tout jamais.

Ce jour-là, c'était un lundi, tu es né avec trois mois d'avance. Je n'ai jamais su pourquoi. « Un coup de tonnerre dans un ciel tranquille », c'est ainsi que celui qui nous a sauvé la vie a défini ce qui nous était arrivé.

Ce lundi 17 juin, j'ai hurlé jusqu'à ce qu'on te pose sur moi. Malgré le protocole. Malgré les fils, l'oxygène. Malgré ta grande fatigue. On m'en a donné l'autorisation, par pitié, parce que les médecins aussi n'y croyaient peut-être plus... Et, en serrant ton si petit corps sur ma poitrine, je t'ai rencontré. Tu étais là. Vivant. Il fallait maintenant se battre et grandir.

Aujourd'hui, un an plus tard, il fait beaucoup moins beau et on n'est même pas lundi. Pourtant, plus aucune ombre à notre bonheur. Je regarde tes grands yeux. Ton petit nez parfait. Si grand et si fort. Tellement différent des autres. On dira que c'est parce que je suis ta maman, mais je ne crois pas... Je sais que tu es un petit homme exceptionnel. Tu as fait de moi une maman et de nous une famille. La plus belle chose qui nous soit arrivée. Bien que ces souvenirs m'arrachent encore des larmes de douleur aujourd'hui, bien qu'ils me tordent toujours les tripes de cette peur dont je ne me suis jamais débarrassée, si je devais revenir à ce lundi-là, je ne changerais rien. Non, rien du tout.

Parce que ton histoire est belle et qu'elle a fait de toi ce petit homme formidable, dont je suis tellement fière.

Joyeux anniversaire, mon tout, ma vie, mon grand amour. Merci de m'avoir fait le cadeau de vivre. Merci d'avoir fait de moi ta maman.

Je t'aime jusqu'au soleil, et puis on revient.

U' muort

30 septembre

« J'ai peur du chiffre quatre. J'ai appris, il y a peu, que ça s'appelait la tétraphobie. Vous connaissez ? C'est une superstition très répandue en Asie, notamment en Chine, au Japon ou encore en Corée. Ils vont jusqu'à bannir ce chiffre des sièges d'avion, des étages d'ascenseur ou des rues ! Le rêve ! Enfin des gens qui me comprennent ! Je devrais peut-être déménager…

— Mais vous n'êtes pas asiatique… D'où vous vient cette peur ?

— Dans ma région, en Italie, le soir du nouvel an, la tradition veut qu'on joue à la tombola en famille. Chaque chiffre a une correspondance. Lorsque le quatre sort, quelqu'un crie : “*U' muort !*” – “le mort”, en napolitain. Il y a, en effet, toujours quatre personnes pour porter un cercueil. J'ai toujours été traumatisée par cette “malédiction”. Alors que j'adorais ces soirées, que je remplissais méticuleusement mes grilles avec des fayots secs, en attendant de pouvoir hurler “*Tombolaaa*”, je craignais que le quatre sorte. Ce chiffre est beaucoup trop glauque. Donc je l'évite autant que possible.

— Vous avez beaucoup d'autres phobies ?

— Vous avez combien d'années devant vous ?

— Anna, vous avez vécu un très grand traumatisme à la naissance de votre fils. Il n'est pas impossible qu'après cet événement de nombreuses choses enfouies aient refait surface. L'accouchement de Samuel a été un déclencheur, mais il va falloir remonter plus loin encore, pour tenter de comprendre pourquoi vous avez réagi ainsi. Est-ce que certaines de vos peurs étaient déjà présentes avant ?

— Je n'ai jamais connu de période sans angoisse, jamais été complètement sereine. D'aussi loin que je me souvienne, je ne me suis jamais sentie pleinement heureuse ni insouciante. Je n'ai jamais été une enfant. J'ai peur du vide, peur de ne pas être à la hauteur, peur de la maladie, peur de devoir toucher les restes de nourriture dans le siphon de l'évier, peur du bruit et des cris, peur de la mort, peur des manèges à sensation, peur de la séparation, peur de l'autoroute, peur des grandes surfaces bondées, peur de la souffrance, peur de l'échec, peur de la vitesse, peur qu'on me remarque ou qu'on ne me remarque pas, peur de l'accouchement, peur de mon père, peur de perdre le contrôle, peur des pommes de terre qui ont germé, peur de la lumière des néons, peur de ma mère, peur de l'enfermement, peur des choses dégoûtantes comme les vers de terre, peur de sortir de mon train-train, peur de rater ma vie, peur de devoir manger des pâtes trop cuites chez quelqu'un que je connais peu et de ne pas pouvoir refuser, peur d'être en retard, peur de voyager seule, peur d'étouffer de peur, peur de ne pas aimer assez, de mal aimer, de trop aimer. J'ai peur, madame. J'ai peur tout le temps. Et de moi, le plus souvent. »

Bambola

16 octobre

« Parlez-moi de votre sœur. Vous avez une sœur, n'est-ce pas ?

— Oui, une petite sœur, de cinq ans ma cadette.

— Comment est-elle ?

— Petite, un peu ronde, jolie, drôle, intelligente, très douée en puzzle et autiste.

— Je ne le savais pas.

— Qu'elle était drôle ? Je ne vous en avais jamais parlé ? Elle a une repartie de f…

— Anna.

— Oh, ça va, elle le vit bien son autisme, je crois. Enfin, mieux que moi.

— Pourquoi dites-vous ça ?

— Je n'ai jamais accepté ce handicap. Mes parents ont fait comme si de rien n'était pendant si longtemps que j'ai cru qu'ils allaient réussir à le faire réellement disparaître.

— Qu'est-ce qui vous peine dans sa différence ?

— Ça ne me peine pas, ça me met en colère.

— J'ai remarqué que vous avez parfois tendance à confondre ces deux sentiments.

— Possible. Elle n'est jamais vraiment en colère, Giulia. Sauf quand elle ne peut pas voir sa série préférée. Elle n'est jamais vraiment triste non plus. Sauf quand elle ne peut pas voir sa série préférée. Elle affiche une sorte de sourire permanent. On ne sait pas si c'est parce que rien ne l'atteint ou si, juste, elle se fout de notre gueule et se fiche des problèmes de la vie. Je l'envie tellement. Selon ma mère, j'ai honte de Giulia parce que je ne me comporte pas avec elle comme une grande sœur le devrait.

— Est-ce qu'elle a raison ?

— Je dois vous dire que ma mère a rarement raison à mon sujet. »

Elle est née un soir de décembre. Il faisait très froid et elle est arrivée comme une petite boule de neige fragile. Enfin, je n'allais plus être seule. J'avais placé tellement d'espoirs en elle. Une confidente, une amie, quelqu'un avec qui parler, quelqu'un à qui me confier… Tellement d'espoirs.

Et puis, du haut de mes 5 ans, j'allais pouvoir jouer à la poupée. Mais, en grandissant, ma poupée devenait différente. Elle évoluait dans son monde, qui n'était pas le mien. Je ne comprenais pas, ça ne m'amusait plus. Une poupée un peu cassée, que j'ai, comme une petite fille pourrie gâtée, délaissée dans un coin.

Elle ?

Elle n'a jamais cessé de m'aimer, de m'admirer, de me regarder de loin, en chérissant toujours tellement chaque moment où je revenais jouer.

J'ai mis du temps à comprendre. Beaucoup de temps.

J'ai mis du temps à ne plus avoir honte de moi. Honte de moi, oui, pas d'elle.

Trop de temps à accepter d'avoir mal fait.

Je ne pourrai jamais rentrer dans le monde de Giulia. Il est à elle.

C'est un monde où on a du mal à faire ses lacets mais où on peut réaliser un puzzle de 1 000 pièces à l'envers, sans l'image.

C'est un monde où faire une division simple est impossible mais où on retient une chanson par cœur après l'avoir écoutée une seule et unique fois.

Un monde où on n'exprime pas ses sentiments de la même façon, où on crie trop fort quand on est en colère, où on pleure rarement de tristesse ou d'émotion.

Un monde où on est sincère, toujours. Un monde où le cœur et le cerveau ne font qu'un.

Je ne peux pas rentrer dans ce monde, mais je suis heureuse qu'on fasse un peu de chemin, chacune de notre côté, pour nous retrouver ailleurs… Là où il n'y a pas de normes, pas de mondes.

Un endroit où elle me parle de sa série préférée, et où je lui montre mes dernières chaussures.

Juste ça.

Comme des sœurs. Des sœurs différentes en tout point. Mais des sœurs.

Un endroit où elle n'est plus autiste et où je ne suis plus égoïste.

J'ai mis du temps à comprendre parce que, en réalité, je suis la poupée la plus cassée des deux.

Peso

26 novembre

« Je suis énervée.

— Bonjour Anna. Moi aussi, je suis ravie de vous voir. Je vous en prie, asseyez-vous. Qu'est-ce qui vous met dans cet état ?

— Mon corps. C'est quoi ces mensonges autour de la femme enceinte ? Il est où l'épanouissement ? Elle est où la beauté ? Vous voyez de la beauté, là, sur mon visage ? Moi, je vois des boutons d'acné ! Tout ce que je n'ai pas eu à l'adolescence ressort, là, maintenant ! On dirait un jardin ruiné par les taupes ! Je me trouve immonde, grosse, laide. Je peine à marcher. Mes jambes sont des poteaux, on pourrait les utiliser pour les épreuves de "Koh-Lanta". Je ne peux plus mettre de bottes, plus d'escarpins. Je ne sais pas si vous imaginez la frustration. Je pisse toute la journée. Je déteste quand ça bouge là-dedans, j'ai l'impression que ce bébé cherche à me transpercer les organes ! Battements d'ailes de papillon qu'ils disent ? Je dois couver un pachyderme, moi. Aucune grâce, aucun bonheur, remboursez !

— Effectivement, vous êtes énervée. Vous allez bientôt passer la prochaine échographie, connaître le sexe du bébé, à moins que vous souhaitiez garder la surprise ?

— Je déteste les surprises.

— Je vois. Vous approchez du terme auquel vous avez accouché de votre fils, ce qui doit vous angoisser, j'imagine.

— Nooooon, pensez-vous !

— Je ne me lasse pas de votre ironie, Anna. Et comment va votre libido ?

— Mal, comme tout le reste. Mon mari me trouve belle, mais il me trouve toujours belle, ce con. J'ai envie de le tuer. Je ne supporte pas qu'il me touche. Mes seins me font mal, mon dos me fait mal, j'ai envie de faire l'amour comme d'aller faire du shopping chez Desigual. C'est dire. Je déteste être enceinte. »

Ça me fait du bien de vider mon sac, de râler. Ça me libère. J'ai déjà ce bébé si lourd à porter. Et puis tout le reste, là, dans mon cœur, dans ma tête.

Alors, si je peux au moins me soulager de ce que je qualifie comme mon « lot d'énervements quotidiens », c'est déjà une petite victoire.

Je peine à descendre l'escalier. Il n'y a pas d'ascenseur dans ce bâtiment pourri. Si tu veux te faire soigner le cerveau, il vaut mieux que tu ne sois pas cul-de-jatte. Sinon, tant pis pour ta gueule. Tu n'auras qu'à te payer un praticien de luxe avec une rampe dernier cri pour les handicapés.

Ma psy s'appelle Élisabeth. Moi, je l'appelle Lizy. D'ailleurs, c'est sous ce diminutif que son numéro est inscrit dans mon portable. Lorsque je donne un surnom aux gens, c'est bon signe, c'est qu'ils ont réussi à se faire une petite place dans ma vie.

Avec mes amies, on parle de Lizy parfois. Je leur dis qu'elle est un peu grincheuse, que, certains jours, je sens que je l'exaspère et que je m'en amuse. J'en rajoute un peu sur le personnage, sur nos échanges, ça les fait marrer. Je ne leur dis pas que je sors parfois du bureau moche, en pleurant. C'est moins fun en soirée.

Je les aime, mes amies. Elles sont peu nombreuses. Elles ont la rareté des choses précieuses. Je les aime mais je ne leur dis jamais. J'espère le leur montrer au moins, sinon je ne comprends pas bien pourquoi elles me supportent.

Paura

3 décembre

« Anna, c'est vous que j'ai entendue hurler sur le parking ?

— Mais oui ! Vous avez vu ce vieux porc ?

— De qui parlez-vous ?

— Le vieux, là, devant le bar. Je passe, il me siffle, normal ! Comme si j'étais un chien. Ah, il a été servi. La "jolie d'moizelle", elle lui a bien fermé sa grande gueule de dégueulasse. Je lui ai mis une honte monumentale. Et, bien sûr, comme il ne savait plus quoi dire, il m'a insultée, mais il est très mal tombé : j'ai fait injure deuxième langue !

— Ah, ah ! Ça vous énerve, hein, ce genre de comportement ?

— Ça me met hors de moi ! Je ne supporte pas qu'on traite les femmes comme de la viande. Ni d'être abordée, sifflée ou importunée juste parce que j'ai un vagin… Enfin, plus pour très longtemps, ceci dit, vu comme ce bébé appuie dessus. Seigneur, il faut que je m'allonge, je crois. Voilà, c'est ça, il faut que je m'allonge et que je reste dans cette position jusqu'à l'accouchement. La gravité, c'est de la merde.

— Calmez-vous, ce n'est pas très bon dans votre état.

— Oui, d'ailleurs, c'est une fille.

— Vous attendez une petite fille ?

— Oui. J'ai peur, vous savez. Dans la liste que je vous ai énumérée l'autre fois, j'ai oublié d'ajouter : "j'ai peur d'avoir une fille, parce que je ne sais pas comment on élève une fille, moi". Je ne sais pas ce qu'il faut faire. Enfin, relativisons, grâce à mes merveilleux parents, je sais ce qu'il ne faut surtout *pas* faire, histoire qu'elle ne devienne pas comme moi. C'est toujours ça de pris. Ah, ah ! »

J'ai 6 ans. Il faut se taire. Chut. Ne pas faire de bruit. Quand papa dort, il faut jouer au mort. Sinon, il risque de se réveiller de mauvaise humeur, de crier très fort et de casser des choses. Papa dort souvent. Je fais la morte comme personne, je préfère ça aux hurlements. Je ne peux pas jouer avec la guitare en plastique que j'ai eue à mon anniversaire car elle fait trop de boucan. Mais c'est le but d'une guitare, non ? Émettre des sons. Pourquoi me l'offrir si je ne peux jamais m'en servir ? Elle devait sûrement être en promotion au magasin.

J'ai 12 ans. Il ne faut pas s'habiller trop court, ni trop moulant, ni trop voyant. C'est vulgaire. Ça fait pute. Et puis c'est quoi, cette façon de marcher ? Marche droit ! Je n'ai pourtant jamais eu l'impression de marcher de travers.

Il ne faut pas rire trop fort non plus, et ne pas trop parler aux garçons. Mais j'ai plus de copains que de copines, ça ne me facilite pas la tâche.

J'ai 8 ans. Il ne faut pas parler à table. Il ne faut pas poser de questions. Il ne faut rien répéter de ce qui se passe à la maison. Il ne faut pas avoir une bonne note, mais LA meilleure note. Il ne faut pas dire à l'épicière que, si maman ne peut pas encore payer ce qu'elle lui doit, c'est parce que papa a encore tout joué aux cartes – et qu'il a encore perdu. Il faut juste lui demander de continuer à noter le dû sur son cahier vert.

Il faut faire semblant de ne pas voir. De ne pas entendre ce qui me terrorise la nuit quand je suis dans ma chambre. Parfois, je rêve que je vole le cahier vert, pour effacer les dettes.

Je fais pipi au lit.

Magia

21 décembre

« Anna, vous pleurez ?

— Ce sont ces putains d'hormones.

— D'accord, vous avez envie qu'on parle de quoi aujourd'hui ?

— Ma nonna… Ma nonna me manque. J'aimerais qu'elle soit là, assise à côté de moi. Qu'elle me gratte le dos. Qu'elle me dise : "C'est la vie *a nonna*, ne pleure pas." À l'approche des fêtes, le manque est encore plus fort… *A nonna*, *a mamma*, *a zia*, en italien, on ponctue les phrases selon les liens de parenté. C'est une façon d'adoucir, de donner de l'amour. C'est intraduisible en français et, pourtant, je me surprends à dire : "Viens Sam *à* maman", "Samuel mange *à* maman". Adel me regardait bizarrement au début, puis il a fini par s'habituer.

— Depuis quand ne l'avez-vous pas vue ?

— Cet été. Je l'appelle très souvent, mais ses mains fripées sur les miennes, l'odeur de sa sauce tomate le dimanche matin dès 8 heures, la vue de ses fruits frais découpés dans une jolie assiette avec un peu de sucre dessus ne peuvent être retransmis à travers le téléphone. Et sans tout ça, parfois, j'ai l'impression de manquer d'air.

— Votre grand-mère est votre repère, votre pilier.

— Elle est celle qui me sortait du merdier de ma maison, qui me faisait vivre une vie de petite fille. Elle est celle qui m'achetait les robes qui tournent, les chaussures qui brillent et les glaces *al caffè*. Celle qui prend le temps, depuis toujours, de me transmettre les recettes, les traditions. Vous savez, elle aime dire que les enfants de ses enfants sont deux fois ses enfants. Elle est, pour moi, deux fois ma mère. »

J'ai 6 ans ou peut-être 7. Il fait froid, mon nez est tout rouge et je m'amuse à sortir de la fumée de ma bouche.

L'immense sapin illumine la maison. Il sent tellement bon et, même si ses épines piquent parfois, plantées dans mes petites chaussettes, je lui souris chaque fois que je passe devant.

Je suis fatiguée mais je tiens bon. À minuit, c'est la grande messe de Noël : j'aurai le droit de mettre ma jolie jupe qui tourne et peut-être même mes chaussures vernies. J'irai au bras de ma grand-mère qui me demandera de le lui serrer bien fort pour qu'on se tienne chaud toutes les deux.

Tout le village est là. L'église est bondée. Chacun tient une bougie allumée en chantant de jolies mélodies. C'est comme une chorale de centaines de lucioles. Les larmes montent, mais je ne comprends pas bien pourquoi.

Une fois rentrée, j'irai vite me coucher. Ça sent les mandarines, les gâteaux traditionnels et les marrons chauds. Dans la cheminée, le feu crépite, ça fait briller mes yeux.

Je me couche, ma petite sœur près de moi. Impossible de dormir. Si je veille toute la nuit, on le verra forcément arriver, le barbu avec son sac sur le dos.

En y réfléchissant, j'espère que papa a pensé à éteindre les braises, sinon elles vont brûler les fesses du père Noël quand il passera par la cheminée.

Je pense aussi au toit qui fuit parfois, surtout lorsqu'il pleut beaucoup. Je prie pour ne pas qu'il s'écroule sous le poids des rênes. Ça doit être très lourd un traîneau.

Je finis par m'endormir. C'est loupé encore pour cette année.

Au réveil, ils sont là, les paquets. Un chacun. Je suis tellement heureuse. Ce n'est pas la poupée de mes rêves – ce n'est jamais le cadeau espéré secrètement –, mais je me dis que ce n'est pas bien grave. Il n'a sûrement pas beaucoup d'argent, ce vieux père Noël, et des milliers d'enfants à gâter. Comment lui en vouloir ?

En vérité, tout ce qui m'importe, c'est d'entendre le bruit du papier qui se déchire et que, pendant une journée entière, tout le monde soit heureux ou, du moins, que tout le monde fasse semblant.

On sourit, on s'aime, on se fait un bisou parce que c'est un jour de fête, et chacun joue parfaitement son rôle. Moi la première. Je suis fière.

J'ai 6 ans ou peut-être 7. Mon cœur de petite fille est rempli de bonheur. Le temps d'un instant, tout va bien. J'aimerais arrêter l'horloge à jamais, sur ce joli tic-tac de paix.

C'est la magie de Noël, la vraie de vraie. Elle ne durera pas, je le sais, du haut de mes 6 ans ou peut-être

7 ans… Alors je la savoure, elle a bon goût et, pendant que je m'en remplis le cœur, je me demande bien pourquoi je n'ai pas la chance de pouvoir en garder un peu, de cette magie-là, dans une petite boîte en fer… Pour tous les autres jours où plus personne ne fait semblant.

2011

Freddo

5 janvier

« Comment avez-vous connu Adel ?

— J'avais 16 ans, et une amie commune m'a confié un soir : “Lui, il veut sortir avec toi.” Alors j'ai dit OK ! C'est romantique, n'est-ce pas ?

— Qu'est-ce qui vous a plu chez lui ?

— Il est grand. J'ai toujours aimé les hommes grands. Et c'est un Arabe, j'ai pensé que mes parents allaient détester. J'ai toujours aimé que mes parents détestent.

— C'était juste par provocation ?

— Un peu, je crois. C'était pour rire, un jeu. J'étais toute jeune. On finit rarement mariée à un mec qu'on a rencontré à 16 ans !

— Vous avez remporté le gros lot !

— C'était un vendredi 13. Depuis, c'est un jour porte-bonheur pour moi. Adel, lui, est devenu superstitieux ! »

Je rentre épuisée. Je dors tellement mal avec ce gros ventre qui m'encombre. Et puis ce froid… Aujourd'hui, il fait moins 15. MOINS 15. Ce sont des températures pour les pingouins, ça, pour les ours polaires. Est-ce que je ressemble à l'un ou à l'autre ? Négatif. Est-ce que j'ai une fourrure ? Des pattes palmées pour glisser sur cette putain de glace au sol sur laquelle je manque de me péter un tibia à chaque pas ? Négatif. Mais qu'est-ce que c'est que cette région ?

Lorsque je suis arrivée dans l'est de la France, j'avais 12 ans. Je débarquais de mon Italie du Sud, avec ses étés chauds, ses hivers doux. Tout le monde me disait : « Oui, il fait froid, mais tu vas t'y faire ! » J'ai 28 ans et j'attends toujours que le miracle se produise. Je crois qu'il est plus probable qu'il me pousse une fourrure et des pieds palmés.

Je reçois un message d'Adel : Je rentre tard, beaucoup de boulot, bisous. Super, je vais devoir gérer le repas de Samuel, le bain, l'histoire du soir, alors que j'ai juste envie d'hiberner.

Je suis conseillère dans une banque, en arrêt depuis le jour où j'ai fait pipi sur un bâtonnet en plastique qui a affiché un + pour la deuxième fois de ma vie. Grossesse à risque.

Mais, le vrai risque, c'est que je pète un câble à rester à la maison, à tourner en rond.

Je suis aux antipodes de la femme au foyer. Je déteste cuisiner, je suis bordélique, je hais faire les courses et je suis nulle pour gérer un budget – un comble vu mon job.

M'occuper d'un enfant toute la journée me fait perdre peu à peu mes capacités mentales, même s'il faut avouer que j'en acquiers d'autres. Hier, par exemple, j'ai compté les étoiles en anglais avec cette connasse de Dora alors qu'il était à peine 7 heures du matin.

Je crois que je préférerais encore traîner mon gros ventre à risque dans cette agence pourrie, faire ce métier que je déteste et vendre des services bidons à des petits vieux qui n'en ont pas du tout besoin. Parfois, j'ai l'impression d'être le Schtroumpf grognon.

Mamma

29 janvier

« Je rêve de tsunamis. Souvent. De noyade. De l'eau, de l'eau partout. Je n'arrive pas à reprendre ma respiration, je suffoque, je me réveille en sueur.

— Hum, hum.

— Ah non, vous n'allez pas recommencer avec vos "hum, hum" !

— Continuez, Anna, s'il vous plaît.

— Eh bien, rien, c'est tout, je rêve de tsunamis. Vous n'êtes pas censée me dire ce que ça représente ? Que ça vient de mon enfance bla-bla-bla ? D'ailleurs, est-ce qu'il y a une seule chose que les psys ne justifient pas par : "ça remonte sûrement à votre enfance" ? Est-ce que c'est la base de tout ?

— Oui, l'enfance joue un rôle primordial dans notre vie adulte. Elle est le socle de notre existence. Si celui-ci n'est pas stable, tout le reste risque de s'écrouler tôt ou tard.

— Mais ça fout une pression d'enfer, votre truc, là ! Parce que, OK, j'adore mettre toutes mes merdes persos sur le compte de mes parents mais, le problème, c'est que je suis maman, maintenant. J'ai un fils, et une fille en cours de fabrication. Alors quoi ? Eux aussi, ils me mettront tout sur le dos dans vingt ou trente ans ?

— C'est possible… Mais ce n'est pas certain. Vous êtes une bonne mère. Vous n'êtes pas vos parents, Anna.

— Mouais, je suis surtout une maman paumée, qui aimerait bien faire, mais qui n'a pas reçu les bons outils. C'est comme vouloir monter un meuble Ikea sans leur clé magique. »

J'ai 10 ans. Ma mère dort. Ce n'est pas bon signe quand elle dort en pleine journée. Je veux retrouver Rita, une amie qui habite juste en face de chez nous.

« Maman, maman, réveille-toi ! Je peux aller jouer en bas ?

— Tu n'as pas intérêt à bouger de là. Occupe-toi de ta sœur. »

Son regard méchant et sa réponse, en napolitain, me dissuadent d'insister. Je cours sur la terrasse.

« Ritù, je ne peux pas venir. Plus tard, peut-être. »

C'est l'heure des dessins animés. Il y a *Princesse Sarah*. Je l'envie tellement. Tout le monde dit que c'est triste ce qu'elle vit.

Mais elle n'a pas de parents et possède une magnifique poupée. Le rêve.

Fuggire

12 février

« Ma fille naîtra dans trois semaines par césarienne.

— Comment vous sentez-vous ?

— C'est difficile à dire. Je suis heureuse que la grossesse s'achève. Je suis rassurée parce que cet accouchement sera encadré, contrôlé. J'en avais besoin après la naissance chaotique de Samuel. Mais j'ai peur. Peur de ne pas avoir assez d'amour à offrir à cette petite fille. Peur de ne pas savoir. Je n'ai jamais eu de nouveau-né rien qu'à moi : toute une équipe de pédiatrie m'encadrait pendant les premiers mois de mon fils. Je ne suis jamais rentrée avec un aussi petit bébé à la maison. J'ai allaité mon fils sans jamais lui donner le sein. Je vais découvrir ces premières fois avec mon deuxième enfant. Je ne sais pas si je suis prête.

— Vous êtes prête, Anna, et tout va bien se passer cette fois. »

Oh tiens, une crise d'angoisse dans la voiture. Parfait, ça me manquait. « Respire… Respire ! »

J'ai chaud. Je vais m'évanouir, c'est sûr. Je vais m'évanouir au volant, causer un accident, mourir, tuer mon bébé, écraser un passant qui se trouvera là, à ce moment précis. Ce sera un père de famille, il laissera cinq enfants et une femme au chômage, qui finira par se suicider. Qu'est-ce que c'est que ces idées machistes ? Pourquoi ce serait la femme qui n'aurait pas d'emploi, hein ? Bon, alors, disons plutôt que c'est elle qui bosse. Elle est vétérinaire – tiens, voilà, c'est bien ça. Elle travaille toute la journée et son mari est père au foyer. Tu m'étonnes, avec cinq enfants, ce n'est pas rentable de payer une nounou à mon avis… Mais qu'est-ce que je raconte ? Bon, donc, c'est plutôt elle que j'écrase et moi… Ah oui ! Moi, je meurs aussi. Mon fils sera orphelin, mon mari veuf à même pas 30 ans.

« Ouvre la fenêtre ! » Voilà, de l'air. Il me faut de l'air. Il faut que je pense à autre chose. Il faut que je chante. De la musique, plus fort. « *Che confusione sarà perché ti amo, è un'emozione che cresce piano piano stringimi forte e stammi più vicino, se ci sto beneeeee, sarà perché ti amo !* »

J'y suis presque. J'arrive chez nous. Samuel, mon bébé.

« Il a été très sage, comme d'habitude ! me dit ma mère. Ça a été, ton rendez-vous chez la sage-femme ?

— Oui, m'an. »

Plutôt crever que devoir lui expliquer que je vois un psy. Elle va croire que je suis aussi tarée qu'elle.

« Je ne veux pas rester avec toi ! Je veux mamie ! »

Je hais quand il dit ça. Je peux distinguer une sorte de jubilation silencieuse dans les yeux de ma mère.

Elle doit prendre sa revanche, plus de vingt ans plus tard. J'ai tellement prononcé cette phrase, moi aussi, à l'âge de mon fils. Mais moi, je voulais fuir. Ma nonna était ma seule échappatoire. Est-ce que Samuel veut fuir, lui aussi ?

Sole

23 mars

Elle a de grands yeux noirs, la peau brune, une fine bouche parfaite et des milliers de cheveux sur la tête. Elle est toute petite, belle comme le soleil qui se lève. Douce comme un mot d'amour murmuré à l'oreille.

J'en suis tombée amoureuse dès que je l'ai vue. En sortant de mon ventre, elle est entrée immédiatement dans mon cœur.

Je suis épuisée. L'allaitement me fait un mal de chien. J'ai envie de pleurer de désespoir chaque fois qu'elle a faim.

Je trouve mon corps immonde avec cette grande cicatrice qui me barre le ventre et lui dessine un sourire triste.

C'est difficile de gérer un nourrisson lorsqu'on a un aîné. Encore plus depuis que mon mari a repris le travail. Pourquoi les pères ont-ils une sorte d'immunité de la part de la société ?

Je suis épuisée. Il faut emmener Samuel à l'école, gérer les siestes de la petite, se lever sans avoir dormi de la nuit, faire à manger, continuer à vivre normalement comme si aucun miracle ne venait de se produire.

Pourtant, il s'est bien produit. Elle est là.
Mia est née.
La terre ne pourrait-elle pas s'arrêter de tourner, juste un instant, le temps d'apprécier ?

Caffè

3 mai

« Anna, je suis heureuse de vous revoir. Comment allez-vous ? Et votre bébé ?

— D'après Google, Mia a toutes les maladies de la terre, dont trois hyper rares, ce qui en soi est un exploit, et moi, je risque de mourir prochainement. D'un cancer du bras droit. Notre médecin dit que nous allons bien toutes les deux. Le cancer n'est, pour lui, qu'une vulgaire tendinite due à un Maxi-Cosi trop lourd, et les maladies de ma fille, le reflet de mes angoisses. Je vais, bien évidemment, changer de médecin.

— Je vois que votre hypocondrie va mieux.

— Vous vous moquez, mais oui ! Je crois que ça va mieux de ce côté-là. Hier, je l'ai laissée dormir deux heures d'affilée sans aller mettre mon index sous son nez pour savoir si elle respirait. Non, bon, une heure. Vingt-cinq minutes en vrai, mais c'est déjà énorme, je trouve.

— Vous savez, toutes les jeunes mamans ont ces peurs, qui sont plus ou moins fortes, selon le passé et le caractère de chaque femme. Mais il n'y a rien d'anormal là-dedans. Ça ira mieux avec le temps.

— Oui, enfin, c'est vague, "Ça ira mieux avec le temps". Vous n'avez pas une date butoir ? Un truc approximatif ? Parce que je vous signale que mon aîné a 5 ans et que chacune de ses grasses matinées est un combat sanglant entre mon moi qui aimerait dormir et mon moi angoissé qui me hurle d'aller voir s'il n'est pas mort ! Je vous laisse juger à mes cernes lequel remporte toujours la partie ! Alors ça va durer combien de temps exactement ? Parce que je me vois mal sonner à leur porte, lorsqu'ils auront 30 ans, pour vérifier qu'ils respirent.

— Vous avez déjà entendu parler d'un cas de mort subite d'un nourrisson de 30 ans ? »

Je n'ai pas envie de rentrer aussitôt. Je me sens légère. Sans enfant, sans sac à langer, sans poussette. Même mon cancer du bras a disparu. Je me sens libre. Il fait beau.

J'ai envie d'aller boire un verre, en terrasse. De fumer une clope. De laisser le soleil me caresser la peau.

Mais je ne fume pas et la seule terrasse que j'aperçois est celle du PMU du coin. Tout de suite, ça fait moins rêver.

Je vais m'asseoir sur ce banc, prendre un peu de vitamine D en jouant au lézard, puis je retournerai à ma course du quotidien.

En Italie, il y a toujours quelqu'un pour prendre un café. J'ai grandi dans un village de 800 habitants, et peu importe l'heure, le jour ou la saison, il y a toujours une personne assise au bar.

Le bar, c'est une institution. C'est là, en plein milieu, comme l'église, pour soigner les plaies, s'écouter, s'entendre, s'aider. La véritable signification de « Viens, on prend un café », on la connaît. On le sait, dès le début, que ce n'est qu'un prétexte, qu'une excuse pudique pour signifier : « Viens, je t'*écoute*, dis-moi ce qui ne va pas. Bois, ça va aller. Regarde, c'est chaud et réconfortant, et ça te donne de la force. »

Personne n'a l'air de le savoir ici, pourquoi ? J'aimerais trouver, là, à la terrasse d'un bar familier, un vieillard, une tante, un cousin éloigné, un ami. J'aimerais trouver quelqu'un qui me dirait : « Hé, Annarè, viens, assieds-toi. Prends un café, c'est pour moi. Comment tu vas ? » Alors je répondrais que ça ne va pas, que je suis perdue, que j'ai peur. Je répondrais que ça m'aiderait qu'on me donne les clés, la combinaison mathématique pour aller mieux, pour comprendre, pour pardonner, pour avancer sans plus jamais regarder en arrière.

Mais il n'y a personne. Ils ne sont pas là. Je ne vois que des inconnus, des visages fermés. Personne ne m'appelle plus jamais « Annarè ». Je suis « Anna' », avec l'accent tonique pas à la bonne place.

Je suis Anna, une inconnue, une femme parmi tant d'autres. Seule, assise sur un banc. À espérer je ne sais quoi. À prier je ne sais qui.

Je me sens abandonnée, depuis toujours. Comme une erreur que j'aurais aimée qu'on ne commette pas. Une chose laissée là, au mauvais endroit, qui doit se démerder sans les bonnes clés, sans le mode d'emploi, sans même un plan pour s'y retrouver.

Je veux rentrer chez moi. Le problème, c'est que je ne sais plus du tout où c'est.

Orrore

23 juin

« Mon père battait ma mère.

— …

— Il la battait pour tout et n'importe quoi. Si son pantalon n'était pas bien repassé, il la frappait. Si elle toussait un peu trop fort parce qu'elle était malade, il la frappait. Si elle le traitait de grosse merde parce qu'il la frappait, alors il la frappait encore plus fort.

— Vous étiez où, Anna, à ce moment-là ?

— J'étais à côté d'elle ou dans une pièce toute proche. J'entendais les coups. Ils ont chacun un bruit différent. Si c'est un coup de poing, c'est sourd, dur. Si c'est une claque, c'est plus léger, presque une musique. Parfois, c'étaient des coups de pied. Pan, pan, pan. Le tout forme comme une mélodie de la mort. Il y a les coups, les cris, les pleurs. Une chanson particulière à chaque fois. On aurait pu composer un album. J'écoutais, tétanisée. J'essayais de protéger ma sœur. Je lui bouchais les oreilles. Je lui disais : "Raconte-moi une histoire. Plus fort, je n'entends pas !" Je ne voulais pas qu'elle entende ça. Je ne voulais pas qu'elle connaisse ce bruit. La mélodie de l'horreur. Je voulais la protéger. C'était mon seul objectif. Je me concentrais dessus. Jusqu'à ce que ce soit fini. Puis je priais pour que, une fois l'orage passé, ma maman n'ait pas été emportée par la tempête. Pour qu'elle respire encore un peu. Alors je m'approchais, tout doucement, du lit ou du sol où elle était allongée. Je fixais son ventre. Attentivement. Il se soulevait et se baissait. Elle vivait, encore. J'étais soulagée pour moi, désolée pour elle. Parce que ça signifiait qu'elle allait encore devoir encaisser. Mais, au moins, elle pourrait me préparer mon petit déjeuner le lendemain matin. Du pain dur dans du lait. Vous connaissez ? Non ? C'est du lait chaud, avec du sucre. Du lait entier, bien gras, qui doit bouillir dans une casserole en inox. C'est important. Jusqu'à ce que se forme une pellicule sur le dessus, qu'il faut retirer parce que c'est désagréable en bouche sinon. Ensuite, il faut ajouter du sucre. Deux petites cuillères. Puis du café. Du café frais, à peine sorti de la cafetière. Lorsqu'il est prêt, cette dernière émet un son particulier et une odeur incroyable. Ensuite, on incorpore au café du *pane tuost*, en napolitain. Du pain fait maison, dans le four à pizza, qui a durci. Une fois dans le lait, il s'en imbibe, devient plus mou mais reste toujours un peu croquant. Alors on le recueille avec une petite cuillère, on le porte à la bouche et, là, c'est le bonheur pour les papilles. Un orgasme en bouche. Et on remercie Dieu que maman ne soit pas morte. »

Volare

1er juillet

« Je vais aller voir ma nonna.

— C'est une bonne nouvelle, Anna ! Vous partez seule ?

— Oui, mon mari doit travailler. Je vais y aller. Je vais le faire. J'ai très peur mais je ne peux pas repousser à l'an prochain. Je ne peux pas prendre le risque de rater une année entière. Il y a des circonstances que "les angoisses, va te faire foutre".

— Je ne connaissais pas cette expression, mais je l'aime bien. Je suis d'accord avec vous. Si vous souhaitez maintenir nos séances pendant votre voyage, si vous en avez besoin, rappelez-vous qu'on peut s'entretenir via Skype. Je commence tout juste à m'y mettre, mais je devrais pouvoir y arriver. »

En rentrant chez moi, je suis littéralement morte de trouille. Mon élan de courage a rapidement laissé place à la réalité des faits.

Voyager seule avec mes deux enfants, dont un tout petit bébé, me semble tout à coup l'idée la plus stupide du siècle.

Mais qu'est-ce qui m'a pris ? Enfin, je suis quand même bien placée pour savoir que je suis incapable de gérer mes angoisses seule, que je ne sais plus rien faire sans mon mari, et, soudainement, je pense être en mesure de prendre l'avion avec mes enfants, de parcourir 1 500 kilomètres et de passer trois semaines loin de mon cocon rassurant ?

Les billets sont réservés, je ne peux plus reculer. Je sens que je dois le faire, que je dois présenter ma fille à ma grand-mère. Et puis j'ai besoin de soleil, d'eau salée et, accessoirement, de prendre quelques couleurs. J'ai l'impression que je déteins… C'est possible de blanchir à cause du manque de soleil ? Je me pose sérieusement la question. Je vais bientôt devenir transparente. Il me faut de la vitamine D, réveiller ma mélanine en hibernation depuis bien trop longtemps !

Aïe.

Mia vient de me balancer un jouet en bois en pleine tête et m'arrache à mes pensées. Bon sang, la douleur est atroce. Elle me fixe en se marrant. Est-il possible que ma fille me déteste ?

Peut-on haïr déjà à son âge ? Je suis sûre que oui. Elle me pourrit mes nuits, vomit uniquement sur mes jolis chemisiers – jamais sur mes vieux pulls moches –, et, hier, elle m'a carrément chié dans la main.

Voilà qu'elle me frappe en plein visage maintenant. Si ce n'est pas de la haine, je ne sais pas ce que c'est.

Adel rentre et me trouve avec l'œil gonflé : « Oh mon Dieu, Anna, tu t'es battue ? » Je lui montre l'arme du crime. Il rit, prend sa fille dans ses bras et fait mine de la gronder : C'est toi qui as fait ça à maman, dis donc ? Ce n'est pas très gentil. » Gna-gna-gna. Ce que les pères peuvent être gagas devant leur fifille : « Comment lui en vouloir ? Regarde, elle est si mignonne. Regarde-la ! »

En effet, elle est très belle avec ses grands yeux noirs et des joues à croquer. Et heureusement. C’est certainement une future *serial killer*. Il ne manquerait plus qu’elle soit moche !

Foto

12 juillet

« VOUS M'ENTENDEZ ? ANNA ? VOUS M'ENTENDEZ ?

— Oui, oui, ne criez pas. Mais je ne vous vois pas.

— COMMENT JE DOIS FAIRE ?

— Appuyez sur l'icône caméra, pour activer votre webcam.

— C'EST LEQUEL ?

— … Celui qui ressemble à une caméra.

— AH, ATTENDEZ.

— …

— …

— OK, maintenant, je vous vois. Mais je ne vous entends plus. Ce qui n'est pas plus mal, vous m'avez flingué le tympan. Recliquez sur le micro.

— …

— Très bien. Au pire, on peut laisser comme ça, hein. Moi, je parle, je parle, je parle et vous, vous vous contentez d'acquiescer d'un air pénétré. Je rajouterai des "hum, hum" dans ma tête et ça fera l'affaire, non ?

— JE CROIS QUE C'EST BON.

— Ah oui, merde.
— Alors, comment s'est passé le voyage ?
— Parfaitement !
— Vous voyez ! C'est super, Anna !
— Non, je plaisante, ça a été l'horreur. Mais quelle idée de merde ! Un enfer ! D'ailleurs, je ne rentre plus. Je reste ici. Plutôt crever que de remonter dans un avion avec deux enfants. J'ai voulu me déhubloter. C'est comme se défenestrer mais depuis un hublot. Sauf que c'est hyper compliqué : déjà, parce que ça ne s'ouvre pas, ces trucs, et, en plus, même si j'étais parvenue à l'ouvrir, il faut se rendre à l'évidence, c'est beaucoup trop petit. Mes fesses ne passeraient pas et je resterais coincée, la tête dehors, babines au vent, paupières retournées, le reste dedans… J'aurais l'air con, sérieux. Bref, j'ai abandonné l'idée et je suis donc toujours en vie.
— Dieu merci.
— Sérieusement, c'était les deux heures les plus longues de mon existence. Samuel gesticulait dans tous les sens, Mia hurlait, tout le monde me regardait. J'ai voulu donner le sein à ma fille mais, comme elle hurlait justement, une giclée de lait a atterri sur le monsieur chauve de devant ! Ne riez pas ! J'étais trop mal. Ceci dit, ça a dû lui hydrater le crâne : le lait maternel a des pouvoirs nourrissants. Puis, clou du spectacle, Sam a – bien évidemment – eu envie de faire caca ! À genre dix minutes de l'atterrissage. Nous voilà tous les trois traversant l'avion et essayant de rentrer dans ce chiotte minuscule. J'ai sué 19 litres d'eau exactement. Mais j'ai quand même réussi à faire en sorte que les fesses de mon fils ne touchent pas la cuvette des toilettes. Je ne sais pas comment, ne me le demandez

pas. Un miracle, sûrement. Comme on était en altitude et plus proches de Dieu, il a dû avoir un peu pitié de moi et m'a donné la force de le faire léviter !

— Anna, je suis morte de rire ! Vous avez un vrai don pour la narration ! Vous avez déjà pensé à mettre tout cela par écrit ?

— Quoi ? Mes histoires de lévitation ?

— Oui, enfin, ce que vous vivez au quotidien. Votre vie de femme, de maman. Je suis certaine que beaucoup de personnes se retrouveraient dans vos récits !

— Mmmh, je n'en sais rien. En tout cas, je ne ferai pas le retour. Je ne revivrai pas ça une deuxième fois ! Je ne sais pas encore comment je vais rentrer. Et je n'ai pas envie d'y penser. Pour l'instant, on est bien ici. »

J'arrive sur la terrasse et je crois rêver. J'ai le réflexe d'immortaliser ce joli tableau en prenant une photo avec mon téléphone. Quatre générations sur un cliché.

Ma grand-mère est là, assise sur sa chaise en plastique préférée, celle sur laquelle elle passe des heures à espionner tout ce qui se passe dans notre petite rue.

Ma grand-mère, c'est une caméra de surveillance. C'est le FBI italien, la CIA du village. Depuis son poste d'observation, elle a récolté plus de soixante-dix ans d'archives sur chaque habitant.

Mia dans ses bras, elle lui chante une chanson napolitaine, l'invite à taper dans ses mains, et ma fille rit aux éclats.

Ma cousine Elena apporte le café, sur un plateau, dans quatre petites tasses blanches minuscules.

L'air s'imprègne de cette odeur si particulière et chatouille les narines.

Par terre, sur une couverture qui doit être plus vieille que moi, mon fils et son grand-père cassent des noisettes avec un petit marteau.

Mon père vit juste à côté de ma grand-mère – dans ce qui était aussi ma maison avant que mes parents ne se séparent. C'est souvent le cas en Italie : les enfants ne s'éloignent pas trop pour pouvoir veiller sur leurs parents.

Ici, c'est plutôt ma nonna qui continue de veiller sur son fils, de le nourrir, de lui laver son linge. De le couver comme s'il avait toujours 12 ans.

Je n'ai pas souvenir que mon père se soit assis par terre avec ma sœur ou moi. Il faut croire que les petits-enfants sont une façon de se racheter, ou du moins d'essayer. Un mauvais parent peut devenir un très bon grand-parent. Ma mère a réussi l'examen avec brio, par exemple. Mon père s'y efforce.

C'est bancal, maladroit, mais il essaie. Hier, il a voulu donner le biberon à Mia. Il n'avait aucune idée de comment s'y prendre. Je lui ai fait remarquer que c'était étrange pour quelqu'un qui avait deux bras et deux filles.

Fortuna

15 juillet

« Je pars en vacances ce vendredi, Anna. Nous nous reverrons à mon cabinet dans quinze jours. Vous avez trouvé une solution pour rentrer ?

— Mon père a proposé de nous accompagner en voiture. Il veut qu'on voyage de nuit, pour que les enfants dorment et que ce soit moins pénible pour eux.

— Oh, c'est une bonne nouvelle !

— Ah oui, c'est formidable. La perspective de me retrouver coincée avec lui, dans une voiture, pendant environ seize heures, me réjouit profondément. Étant donné que nos conversations se résument à parler de la pluie et du beau temps, que je l'évite autant que possible, que je tolère sa présence seulement pour faire plaisir à ma grand-mère et pour que mes enfants aient tout de même une vague idée de ce à quoi il ressemble, je crois vraiment qu'on va passer un bon moment.

— Ce serait peut-être l'occasion idéale, au contraire, de lui dire ce que vous avez sur le cœur, de vider votre sac. Vous ne l'avez jamais fait, Anna. C'est important, pour avancer, de mettre des mots sur votre colère, de formuler votre peine. Pourquoi ne pas essayer ?

— Parce qu'il me fait peur. Je ne sais pas pourquoi. Je veux dire, il a battu ma mère mais il ne m'a jamais fait aucun mal. Physiquement, j'entends. Il ne m'a jamais frappée. Il n'en avait pas besoin, il m'a toujours tétanisée de toute façon. Et je me rends compte que rien n'a changé.

— Ce n'est pas vous qui avez peur, mais l'enfant qui est en vous. Vous avez envie de protéger encore cette petite fille-là. Mais elle est devenue une femme maintenant, et peut se défendre toute seule. Faites ce voyage, Anna. Il sera peut-être difficile mais il vous aidera à avancer.

— Je crois que je préfère encore me déhubloter. »

*

Déjà deux heures qu'on roule. Les enfants se sont endormis au bout de trente minutes et, depuis, je remercie l'inventeur de la radio de nous permettre de combler ce long silence.

Mon père est aussi mal à l'aise que moi. Il n'arrête pas de me dire de dormir, de ne pas m'inquiéter pour la route, qu'il me réveillera si les petits à l'arrière me réclament. Je ne sais pas si c'est un conseil bienveillant ou un ordre. Je sens que ça le soulagerait que je dorme. Il n'aurait pas besoin de se forcer à me parler de temps à autre. Je suis partagée entre obéir, pour arranger tout le monde, ou, au contraire, rester les yeux grands ouverts, juste pour l'emmerder.

Trente minutes plus tard, je capitule, me laisse bercer par la voiture et la voix d'Adriano Celentano, et m'endors profondément.

Ce sont les gazouillis de Mia qui me réveillent. Je garde les yeux fermés et écoute mon père lui faire la conversation avec son accent qui, je l'avoue, me fait sourire. « Booonjour la *principessa* dé papy ! Tou as bien dormi ? Nous sommes bientôt arrivés à la Souisse, tou sais ? On va passer la *frontiera*, tou vas voir, c'est joli la Souisse, moins que l'Italie, bien sour. L'*Italia*, c'est la plou *bella*, comme toua, ma Mia. » Il parle très bien français, malgré l'accent.

Il a été marié treize ans à ma mère, française, et la France était le seul endroit où nous partions en vacances, histoire de rendre visite à mes grands-parents maternels.

C'est justement à l'occasion de l'une de ces virées que j'ai vu pour la première fois la neige. Je pensais que c'était un mensonge de grands, cette histoire. J'en voyais dans les films à la télé, mais je doutais de son existence jusqu'à l'hiver de mes 7 ans.

Je me souviens de cette lumière si particulière, qui faisait presque mal aux yeux. De nos vêtements mouillés. Du froid qui enveloppe le corps et qui rend les doigts et le bout du nez tout rouges.

Je me souviens avoir aimé, mais sans plus. Le froid, ça n'a vraiment jamais été mon truc.

Les enfants sont réveillés, ce qui arrange tout le monde. Ils monopolisent l'attention et ça permet d'éviter les longs silences.

Samuel a été impressionné par le tunnel du Saint-Gothard. Moi, il m'angoisse, ce foutu tunnel. Interminable. J'ai tellement peur de rester coincée là-dedans.

Nous arriverons dans quelques heures. Mon père passera une nuit à l'hôtel pour récupérer du voyage, en profitera pour voir ma sœur puis repartira dans l'autre sens, et je serai débarrassée de lui pour les onze prochains mois.

Après une halte pour le petit déjeuner, Sam et Mia se rendorment à l'arrière.

Mon père me demande comment mon mari s'en est sorti sans moi, à la maison, ces dernières semaines. Mangeait-il au restaurant ? Ou chez ses parents ?

Je lui réponds qu'Adel a eu le privilège d'être élevé par des personnes intelligentes, que mes beaux-parents lui ont toujours donné l'exemple du partage des tâches, qu'il sait donc cuisiner, repasser ses chemises, faire le ménage comme son propre père, et que ça tombe très bien parce que, de toute façon, je suis sa femme, pas sa bonne.

« Mah, c'est bien, tou as de la chance. »

Ah, la voilà, la phrase de trop. « Tu as de la chance. »

Voilà la goutte qui fait déborder le vase, qui le fait basculer pour qu'il finisse par se fracasser en mille morceaux au sol.

Voilà la colère qui monte, sourde, du fond de mes tripes, acide dans ma gorge.

Alors c'est en napolitain que je décide de lui répondre parce que, si ce dialecte peut être doux et chantant, il peut aussi être agressif, vulgaire et violent, et j'ai justement besoin de la seconde version pour donner le parfait impact à mes mots, la juste intonation à mes sentiments.

C'est calmement et presque en chuchotant, pour ne pas réveiller les enfants, que je lui demande quelle est ma plus grande chance, selon lui.

D'avoir un mari qui cuisine ou plutôt d'être avec quelqu'un qui accepte de vivre avec une personne comme moi, bourrée d'angoisses, de peurs, d'anxiété ?

Qu'il soit capable de laver le sol ou qu'il sache trouver les mots pour calmer mes crises quasi quotidiennes ?

Qu'il n'attende pas de moi que je lui repasse son linge ou qu'il soit le seul homme en qui j'arrive à avoir un minimum confiance parce qu'il me respecte, me soutient et m'aime pour ce que je suis ?

Il regarde droit devant lui et ne répond pas. Je n'attendais pas de réponse, de toute manière.

Je respire, tente de me calmer pour ne surtout pas pleurer. Puis j'ajoute que, ma véritable chance, c'est d'avoir trouvé un mari en tout point différent de mon propre père.

Je ferme les yeux et fais semblant de dormir jusqu'à notre arrivée.

Amica

30 août

« Quand allez-vous reprendre le travail, Anna ?

— J'ai prolongé mon congé maternité pour le moment, au moins jusqu'au premier anniversaire de ma fille. Je déteste rester à la maison mais je déteste encore plus mon travail. Alors j'ai choisi l'option la moins pénible. Financièrement, ce n'est vraiment pas l'idéal d'ailleurs…

— Pourquoi détestez-vous votre travail ?

— Parce qu'il ne me correspond pas. Encore une fois, j'ai fait ce qu'on attendait de moi et non ce qui me plaît vraiment. Vous allez me demander ce qui me plaît vraiment, mais je n'en sais rien, et vous savez pourquoi ? Car je n'y ai jamais réfléchi ! Ce n'est pas fou, ça ? Dites donc, je fais les questions et les réponses, je ne vais bientôt plus avoir besoin de vous.

— C'est vrai, je commence à craindre pour ma place, vous apprenez vite. Il n'est jamais trop tard pour se poser la question. Vous êtes encore jeune. Pourquoi ne pas profiter de votre congé maternité, justement, pour faire le bilan de vos compétences et le point sur votre avenir professionnel ?

— Oui, entre deux couches, deux rendez-vous chez le pédiatre et quelques piles de linge… Le problème, c'est que je ne sais pas du tout par où commencer. Ou recommencer, plutôt.

— Je ne m'en fais pas pour vous. Vous êtes arrivée en France à l'âge de 12 ans, vous avez réussi à apprendre une langue en quelques mois, à vous adapter à une nouvelle école, à un nouveau mode de vie. Vous avez survécu à un accouchement difficile et à un voyage en voiture avec votre père. Ce n'est pas une reconversion professionnelle qui va vous faire peur, tout de même ? »

Oui, je m'en souviens bien, de ce premier jour d'école en France. Je suis passée d'un collège italien de six classes en tout (avec 16 élèves par classe) à une cour de récréation immense, une fourmilière de 500 élèves.

Je savais dire « bonjour » et « merci beaucoup », uniques formules de politesse que ma mère avait jugé bon de nous apprendre.

Mes grands-parents maternels étaient immigrés et, même en France, ils ont toujours continué à parler italien à la maison. Lorsque nous leur rendions visite, le français n'était donc qu'une douce mélodie chantonnée par les voisins ou la télévision.

Ma première heure de cours fut géniale.

Je suis restée, assise, à me dire que c'était forcément une caméra cachée, que quelqu'un, sorti de nulle part, allait m'annoncer que tout ça n'était qu'un énorme canular.

Mais les heures passaient et personne ne venait.

Il fallait changer de classe à chaque sonnerie. Ne pas se perdre dans ces couloirs immenses. Essayer tant bien que mal de comprendre ce que les autres tentaient parfois de me dire. Ça a été le plus facile, en fait. Les moqueries et les insultes, on les comprend à l'intonation, au rictus mesquin du coin des lèvres, aux doigts pointés, aux rires étouffés.

J'étais mal habillée, je ne pigeais rien et ma mère avait eu la bonne idée de me couper les cheveux elle-même. Ajoutez à ça un monosourcil, j'avais décroché le pompon de la laideur. Même moi, je me détestais. Comment en vouloir aux autres ?

À défaut d'être belle, j'ai donc décidé d'utiliser la seule arme à ma disposition : mon cerveau. Je parlais peu, mais enregistrais tout ce que disaient les professeurs. J'écrivais mes cours en phonétique. À la maison, je les traduisais à l'aide de dictionnaires. J'apprenais les leçons par cœur, ce qui me permettait d'avoir des bonnes notes même si je n'y comprenais pas grand-chose. J'excellais en mathématiques – merci aux Arabes d'avoir mis tout le monde d'accord –, et, jour après jour, la langue de Molière et moi faisions connaissance.

Chez mes grands-parents, où nous logions en attendant de trouver un HLM qui veuille bien de nous, je jouais parfois dans le jardin. Unique endroit où je me sentais bien.

Un jour, dans le jardin voisin, alors que je faisais de la balançoire, j'ai aperçu une jeune fille – grands yeux bleus sur peau toute blanche. C'était rigolo, des yeux aussi bleus et une peau aussi blanche. Ça ne courait pas les rues d'où je venais.

Elle avait même quelques taches de rousseur, et puis elle portait un tee-shirt alors qu'il faisait à peine 15 degrés. Je me suis dit qu'elle ne craignait pas le froid.

Il y avait ce grillage qui nous séparait et une autre barrière, plus importante, celle de la langue. Mais ça ne lui posait pas de problème, au contraire.

Un jour, elle m'a invitée à jouer. Elle avait une jolie chambre, quelques posters de personnes que je ne connaissais pas aux murs, et plein de jeux, de beaux vêtements, une famille unie.

Tout ce que je n'avais jamais eu.

J'ai voulu être elle un instant. Ça devait être si confortable.

Sûrement qu'à sa place je n'aurais pas prêté attention à une petite fille paumée comme moi. Pourquoi s'encombrer d'un tel boulet quand on a tout pour être heureuse ?

Dans mes souvenirs, nos jeux n'étaient pas si difficiles. On parlait avec les mains, enfin surtout moi, et elle me comprenait.

Elle piquait les livres de sa petite sœur, qui était en primaire, et elle m'expliquait les mots, les sons, la grammaire. Elle essayait de m'apprendre à lire, à prononcer correctement.

Je ne sais pas pourquoi elle faisait tout ça pour moi. Je me disais que, peut-être, elle était une sorte d'ange gardien. Ouais, j'avais un ange gardien aux yeux bleus.

Elle est devenue mon alliée dans la cour de récré. Elle se fichait des moqueries des autres, me présentait ses amies. Toujours un œil sur moi. Je n'en avais pas l'habitude. D'ordinaire, c'était moi la grande sœur protectrice.

Elle m'a initiée aux séries. *Hélène et les garçons* m'a plus appris sur la langue française que n'importe quoi d'autre ! Elle m'a fait découvrir tellement de musiques… Ça me changeait d'Umberto Tozzi. Cabrel, Aznavour, Brel. Plus je les écoutais et plus j'avais envie de comprendre ce qu'ils pouvaient bien raconter sur d'aussi jolies mélodies. Alors j'apprenais plus vite encore.

Elle est devenue ma moitié, mon pilier, ma sœur. J'avais trouvé en elle une nouvelle amie, moi qui avais laissé toutes les miennes au bord de la Méditerranée.

À la fin du premier trimestre, j'ai eu les félicitations des professeurs. Au terme du second, j'avais la meilleure moyenne de la classe.

Aujourd'hui, Agathe est la marraine de mon fils. Parfois, lorsqu'elle m'envoie des courriers pour que je la corrige, on rit en repensant aux débuts de notre amitié.

Elle n'a jamais cessé d'être ma moitié, mon pilier, ma sœur.

Cadere

5 octobre

« Vous avez le sourire aujourd'hui, comment vous sentez-vous ?

— Bien, j'ai fait du shopping.

— C'est en effet excellent pour le moral !

— Moins pour mon compte en banque et mon couple. Vous savez que j'ai développé tout un tas de techniques pour cacher mes achats compulsifs à mon mari ? Je suis bien obligée… Monsieur estime que je ne sais pas du tout gérer mon argent et que je dépense beaucoup trop.

— Quel genre de techniques ?

— Ah, ça vous intéresse ! Déjà, il est absolument primordial, dès le départ, de ne jamais accepter d'avoir un compte commun. La base. Ensuite, il faut se débarrasser de toutes les preuves : pas de ticket de carte bleue, pas de ticket de caisse, pas de sacs du magasin, et surtout ne jamais oublier le "Oh, gardez la boîte, je n'en ai pas besoin" à la boutique de chaussures. Et puis lorsque je porte pour la première fois le nouvel achat du moment, je m'entraîne à avoir l'air complètement détaché. Alors que, bien évidemment, j'ai envie de crier au monde entier : "Matez-moi ces bottes, les gars !" Mais je m'abstiens. Je fais comme si elles avaient toujours fait partie de moi. Au moindre "C'est nouveau, ça ?", je prends mon air le plus offusqué, je lève mon sourcil gauche et, d'un ton agacé, je réponds : "Nouveau ? Ça ? Eh bien, ça fait plaisir, dis donc ! Je les ai depuis au moins deux ans, je te signale. Tu ne me regardes plus ou quoi ?" Ceci va totalement déstabiliser l'adversaire. Il se sentira coupable, doutera et, de ce fait, essayera de changer rapidement de sujet. Il faut vraiment être sûre de soi, en revanche. La moindre faille dans la voix pourra se retourner contre vous. Je préfère vous prévenir. Il faut de l'entraînement. Ne vous lancez pas dans ce genre de manipulation sans être parfaitement au point !

— Wow, vous m'impressionnez ! C'est un plan savamment ficelé.

— Merci.

— Et Adel n'y voit que du feu ?

— Oui… Oh, il est possible qu'il fasse parfois semblant d'y croire pour éviter une dispute… Ce qui arrange tout le monde.

— Est-ce qu'il a raison ? Êtes-vous trop dépensière ?

— Absolument.

— Pourquoi ?

— Parce que je me fous de l'argent. Pour moi, il ne sert qu'à assouvir nos besoins immédiats. Je vis au jour le jour, et encore plus depuis que je sais qu'on peut mourir jeune et en parfaite santé. Et puis j'ai manqué de tellement de choses pendant mon enfance qu'aujourd'hui je veux m'offrir tout ce qui me fait envie et… bon, surtout, tout ce que ma carte bleue me permet. Je prie souvent le Dieu du "découvert" dans l'attente que "paiement accepté" s'affiche. Je veux faire plaisir à mes enfants. Je veux qu'ils aient beaucoup trop de jouets et beaucoup trop de vêtements. Je veux les gâter aux anniversaires, à Noël et même sans raison. Je veux qu'on voyage, qu'on s'offre du bon temps. Je ne veux pas que mes enfants vivent une seule fois une humiliation liée à un manque d'argent. Et je ne veux plus jamais en vivre non plus. »

J'ai 8 ans. Je cours pour aller à l'école. J'ai ma tenue d'écolière italienne : une longue blouse blanche immaculée que je porte par-dessus mes vêtements. Elle est jolie avec son col froufrouté et elle cache mes pulls moches. J'ai des collants blancs, une jupe à carreaux et des chaussures noires vernies.

Ma nonna me les a achetées à Noël. La semelle commence à se décoller à l'avant. Nous n'avons pas assez d'argent pour acheter une nouvelle paire ou, plutôt, mon père a perdu tout son salaire en jouant aux cartes, et Peppe, le cordonnier du village, les a déjà recollées une fois. J'adore aller chez lui, dans son atelier. Ça sent bon le cuir et la colle. J'aime le regarder travailler. Il est vieux et bossu, avec des grosses lunettes sur le nez. J'ignore comment il réussit à voir quoi que ce soit dans cet endroit si sombre. Il a l'ongle de l'auriculaire droit très long, il s'en sert comme outil – c'est fascinant ! Il répare, colle, cloue, coud. C'est le meilleur. Il rend les vieux souliers tout neufs. Un véritable magicien de la chaussure. Tout le village lui confie ses pieds.

Je cours et je pense à lui. Je vais devoir y retourner et, comme il m'aime bien, ou que je lui fais pitié avec mes souliers décollés, il ne me demande jamais d'argent. Il met sa main sur ma tête et me dit : « Va jouer, va, *nun te preoccupà*. »

« Ne t'inquiète pas. » C'est la phrase la plus douce du monde.

Je cours, mon sac fait des bonds sur mes épaules. Ma semelle se prend dans un petit trou, je tombe. Mon collant est tout troué, ma blouse pleine de sang. Je pleure. Pas de douleur, mais de rage.

Un jour, j'aurai une pièce remplie de chaussures et je n'aurai pas assez d'une vie pour user toutes les semelles.

Avvento

1er décembre

« J'ai réfléchi à ce que j'aimerais faire dans la vie.

— En voilà une bonne nouvelle ! Alors ? Qu'aimeriez-vous faire ?

— Rien du tout ! Gagner au loto et me barrer au soleil !

— Ah, ah, Anna !

— Avouez que ce serait le pied, mais les chances que cela se produise sont aussi minces qu'un mannequin à la *fashion week*. En fait, j'aimerais écrire. J'ai détesté cette langue lorsqu'il a fallu l'apprendre mais, ensuite, j'en suis tombée amoureuse. J'aime bien griffonner des trucs sur un vieux carnet que je traîne depuis des années. Des pensées, des textes plus ou moins longs. Cet été, vous m'avez demandé si ça m'avait déjà traversé l'esprit de raconter mon quotidien et c'est vrai que, jusque-là, je ne voyais pas bien l'intérêt. Mais depuis que j'ai, de nouveau, un bébé à la maison, je vais parfois lire des blogs de maman et, vous savez quoi, je n'arrive pas vraiment à trouver ce que je cherche. Alors pourquoi ne pas le créer moi-même ?

— Et que cherchez-vous ?

— Un endroit déculpabilisant. Un endroit où toutes les mères pourraient se réunir virtuellement le soir, après leur journée difficile, et rire des petits tracas du quotidien. J'aimerais aussi briser tous ces tabous autour de la maternité, de la grossesse qui n'est pas nécessairement épanouissante pour toutes, de l'instinct maternel qui n'est pas forcément inné, de ce putain de périnée, dont on se fiche avant d'être enceinte, alors qu'il est si important une fois qu'il ne remplit plus toutes ses fonctions premières ! J'aimerais trouver des mères comme moi. Imparfaites, souvent dépassées. Des mères qui ne s'extasient pas devant tous les nouveau-nés du monde car elles admettent que la plupart sont vraiment moches. Des mères qui sautent des pages en lisant l'histoire du soir. Bref, des mères normales. Ça doit bien exister, non ?

— Oh oui, elles représentent la grande majorité, c'est certain. Comment allez-vous mettre tout ça en place ?

— Je n'en ai pas la moindre idée. Il faudrait que j'ouvre un blog, je crois. Une page Facebook, tout ça. Le problème, c'est que ce n'est pas un blog qui pourra remplacer mon travail actuel. Mon problème financier n'est pas résolu, mais ça m'occupera un peu l'esprit en attendant de trouver une solution ! »

Les enfants sont avec ma mère. Cette fois, je lui ai dit que j'avais rendez-vous avec la DRH de mon boulot pour parler de mon retour à l'agence. Je ne sais plus quoi inventer. Chaque semaine, un nouveau mensonge. Je crois qu'elle n'est pas dupe. Elle doit s'en rendre compte et certainement penser que j'ai besoin de cette heure hebdomadaire pour prendre un peu l'air, toute seule.

Sam court vers moi et me tend un calendrier de l'Avent. Heureux, il m'explique qu'il a mangé le petit œuf caché dans la première case, et qu'il a aussi mangé celui de sa sœur car, d'après lui, elle lui aurait dit ne pas en vouloir, puisqu'elle n'a pas encore de dents. Ça se tient.

Ma mère a donc acheté un calendrier à chacun de mes enfants. J'en aperçois un au loin. Giulia me dit qu'il est à elle. Je demande donc où est le mien. « Oh, tu es adulte maintenant, Anna. Tu n'as tout de même pas encore besoin d'un calendrier de l'Avent ? »

Non, en effet, pas du tout. Pas du tout.

En plus, c'est quoi, cette tradition complètement stupide ? C'est typiquement français, ce truc, non ? J'ai découvert ça en même temps que les escargots et les cuisses de grenouilles.

Je m'en fiche de ne plus en avoir, d'abord.

Une fois à la maison, les deux calendriers exposés sur le plan de travail de la cuisine me narguent.

J'ouvre mon ordinateur. Depuis mon profil Facebook, je clique sur « créer une page ». On me demande de choisir un nom. Il faudrait quelque chose qui évoque la maternité et la féminité.

Je me sers un verre de vin blanc, ça aide à réfléchir. Je retire mes chaussures. À côté de moi, mon fils en attrape une et la remplit avec tout ce qui traîne sur son tapis de jeu : dinosaures, billes, Lego… Tout y passe.

Je tape « Des jouets dans mes escarpins », je clique sur « valider », et j'écris mon premier statut :

Tu crois être la prunelle des yeux de tes parents. Puis, un jour, tu fais des enfants, et c'est à eux que celle qui t'a mis au monde offre des calendriers de l'Avent Kinder. Tout fout le camp dans ce monde de merde. TOUT.

2012

Mostro

3 janvier

« J'ai déjà 2 500 abonnés ! En un mois, c'est énorme !

— Génial ! Ça vous plaît ?

— Oui, vraiment ! J'ai commencé par poster un simple statut et, là, plein de likes. J'ai aussi créé un blog, pour écrire des billets un peu plus longs. J'essaie de rire de situations pénibles, qui m'arrivent chaque jour, et les commentaires sont bons ! On m'écrit que c'est drôle, que ça fait du bien à lire. D'autres femmes s'y retrouvent, se reconnaissent parce qu'on a toutes les mêmes galères, finalement !

— Je suis heureuse pour vous, Anna. C'est important d'avoir de nouveaux projets et si celui-ci vous permet de vous sentir mieux, alors il ne faut pas l'abandonner.

— J'ai remarqué que ce qui me fait du bien, c'est justement de faire du bien. Vous comprenez ?

— Oui, je comprends.

— C'est un peu ce que vous faites, vous aussi. Vous faites du bien aux gens en les aidant à aller mieux.

— C'est un peu ça, en effet… Même si j'agace certains de mes patients avec mes questions auxquelles ils n'aiment pas répondre parfois. D'ailleurs, peut-on parler un peu de votre mère ?

— Ah oui, c'est vrai que vous êtes agaçante !

— Vous m'avez souvent parlé de votre père, de ce qu'il lui a fait à elle, du mal qu'il vous a fait à votre sœur et à vous, de votre colère contre lui… Mais qu'en est-il des sentiments que vous éprouvez pour votre maman ? Pourquoi est-ce que je sens chez vous cette rancune si vive lorsque j'essaie d'aborder le sujet ? D'après ce que vous m'avez raconté, elle était victime, pendant très longtemps, et, un jour, elle a décidé de partir, de sauver sa peau et la vôtre. Alors, qu'est-ce que vous lui reprochez ?

— Mis à part le fait de m'avoir mis au monde, de m'avoir arrachée à ma terre et à ma famille, vous voulez dire ?

— Elle n'avait pas le choix. Que lui reprochez-vous vraiment ?

— D'avoir subi aussi longtemps. »

J'ai 9 ans.

Du fond de mon lit, je l'entends. Il recommence.

Je prie pour que ma mère se taise, pour qu'elle ne le cherche pas. Sinon, ça va le mettre encore plus hors de lui.

Des cris, des coups.

Le lendemain, j'ai peur de me lever, encore.

Est-elle morte cette fois ?

Non.

Elle bouge.

Elle pleure. Elle a les yeux bouffis. Mais elle bouge. Elle essaie d'allumer un feu de cheminée. Elle tremble. Elle a froid ou peur.

Combien de temps encore va-t-elle tenir ?

Je dois faire comme si je ne voyais rien. C'est ce qu'on m'a appris.

Je devrais la prendre dans mes bras, pour la consoler. Je n'y arrive pas, je reste figée. Je n'ai jamais réussi à faire ça, avoir un geste de tendresse envers elle. Jamais.

Ma tête me dit de le faire mais mon corps ne bouge pas, paralysé.

Elle sait que je sais, que je suis au courant, comme tous les autres. Mais, ici, tout le monde fait comme s'il ne voyait rien.

Ce sont de vrais pros, des acteurs. Ils mériteraient un oscar.

Je suis comme eux.

Qu'a-t-elle fait, cette fois, pour le provoquer ?

C'est donc ça que je pense, que c'est sa faute s'il la frappe ?

Il a peut-être découvert sa cachette à cigarettes. Elle le sait pourtant qu'il ne veut pas qu'elle fume. Ça ne se fait pas, c'est vulgaire. Une femme ne doit pas fumer.

Elle a peut-être voulu se maquiller, comme avant. Quand elle l'a rencontré. Je le vois sur les photos : elle avait toujours les ongles vernis, les cheveux sublimes et de jolies robes. Elle était belle. Aujourd'hui, elle est moche. Comme la vie qu'elle mène.

Ma maman est toujours en pantalon avec des cernes jusqu'aux pieds et je ne l'ai jamais vue se maquiller. Elle a bien un petit blush Bourgeois sur sa table de nuit qui est là, en décoration. Je vais le renifler parfois parce qu'il sent trop bon. Je le frotte un peu de mon index et puis je le pose sur mes joues.

Il la frappe peut-être parce qu'elle est devenue moche ?

Mais, en même temps, il ne veut pas qu'elle se fasse jolie, alors il veut quoi ?

Oh, je sais. Elle a peut-être discuté avec un monsieur en allant faire les courses, puis ça s'est su dans le village, et il n'a pas apprécié.

Ou alors il a peut-être tout perdu au jeu, encore une fois, et elle a rappelé qu'on avait besoin d'argent ? Ça a dû l'énerver.

Je cherche dans ma tête de petite fille une bonne raison.

Une raison qui expliquerait pourquoi mon papa est un monstre.

Je ne trouve pas.

Je le hais. J'en ai peur.

Je hais aussi ma mère de nous laisser dans cette galère, d'accepter, de ne pas le tuer.

Pourquoi est-ce qu'elle ne le tue pas ?

La maison serait enfin calme. J'écouterais enfin le silence.

Pourquoi est-ce qu'elle ne le tue pas ?

Quand je serai grande, je ne veux pas être ma mère.

Dottoresse

17 février

« Merci d'avoir pris mon rendez-vous par Skype.

— DE RIEN. AUCUN PROBLÈME, ANNA. MAINTENANT, JE L'UTILISE VRAIMENT TRÈS FACILEMENT.

— Oui, mais vous hurlez toujours.

— Pardon !

— Samuel a une pneumopathie. On découvre des maladies chaque jour grâce à nos enfants, c'est merveilleux.

— Mince, et comment vous gérez ?

— Mal. Mal, mal, mal. Très mal. Je ne gère pas du tout. Quand ils sont malades, je perds complètement les pédales. Je suis là, avec mon thermomètre frontal, à prendre leur température toutes les deux minutes. J'ai peur dès qu'il indique plus de 37,2 degrés. Je harcèle le pédiatre, qui a dû me mettre sur liste noire. J'ai l'impression d'être Rachel dans *Friends*, quand elle appelle sans arrêt le docteur Fouineur.

— Je n'ai pas la référence, désolée.

— Oh mon Dieu, sachez que vous venez de perdre 10 points d'estime.

— Sur 100 ?

— Sur 20 ! Je fais des références à *Friends* toutes les trois phrases. Si vous ne pouvez pas suivre, je vais être obligée de mettre fin à notre relation.

— Je vais dire à mes enfants de me mettre à la page, promis. Mais revenons-en à ce que vous ressentez lorsque vos enfants sont malades.

— Le problème, c'est que ce n'est pas seulement quand ils sont malades, c'est aussi avant. Je suis constamment sur le qui-vive. Chaque jour, je me dis qu'il va leur arriver un malheur, un truc grave, une maladie orpheline incurable, un cancer, un accident. Chaque matin, en déposant mon fils à l'école, je pense au fait qu'il va peut-être mourir dans la journée. Voilà, je l'ai dit, envoyez les infirmiers et la camisole.

— Vous savez qu'on n'utilise plus de camisole depuis longtemps ?

— C'est une bonne chose pour moi. Parce qu'en plus d'être hypocondriaque, je suis claustro.

— Plus sérieusement, beaucoup de mamans s'inquiètent pour leurs enfants, la plupart même. C'est plutôt normal. En avez-vous parlé sur votre blog ? Je suis certaine que vous recevrez énormément de témoignages de femmes comme vous.

— Qui pleurent de désespoir et vomissent de peur dès que leur enfant tousse la nuit ?

— Vous êtes peut-être, certainement même, au-dessus de la moyenne de l'angoisse maternelle. C'est compréhensible vu ce que vous avez vécu avec votre aîné. Maintenant, il faudrait apprendre à gérer ces crises de panique, à relativiser ces pensées noires et à vous détendre un peu.

— Ah, mais bien sûr ! Génial, je n'y avais pas pensé, tiens, à me détendre ! Je vais de ce pas aller me faire une petite tisane au tilleul du Tibet. Je suis certaine que j'arrêterai de voir mes enfants morts et de me faire pipi dessus chaque fois que le numéro de l'école s'affiche sur mon portable pour, finalement, apprendre que j'ai juste oublié d'apporter le sac de piscine !

— Le sarcasme comme arme de défense. Ce n'est pas Chandler Bing qui a inventé ça ?

— Bon, plus 5 points pour vous. »

Mon téléphone sonne. C'est Johanna, Joh pour moi, la marraine de ma fille. Elle aussi est entrée dans ma vie au collège, mais d'une tout autre manière qu'Agathe. Elle, elle voulait me casser la gueule. Il faut dire que j'avais eu la bonne idée de m'amouracher de son petit ami. Il y a de meilleures façons de se faire apprécier dans la vie.

On a fini par se rapprocher parce qu'elle et moi, on avait un peu les mêmes galères. Voisines d'HLM, où on avait finalement trouvé un logement après plusieurs mois passés chez mes grands-parents – et où ma mère vit toujours d'ailleurs –, on s'amusait à jeter des bombes à eau par la fenêtre sur le vieux monsieur bizarre du premier. Il avait deux chiens immenses qui nous faisaient peur et qui protégeaient parfaitement le vélo qu'on voulait piquer.

C'est elle aussi qui m'a présenté Adel. Et, pour ça, je lui en serai éternellement reconnaissante.

Je décroche, le sourire aux lèvres, car je sais qu'elle va réussir à me rassurer. Elle est encore plus hypocondriaque que moi et nous avons la même formation en médecine : bac Doctissimo + 8. Avec spécialisation en recherches Google.

Lorsque l'un de nos enfants est malade – elle a deux garçons –, on s'appelle pour parler diagnostic. Ce n'est pas une conversation entre mères inquiètes, mais une réunion entre consœurs médecins. Elle me donne son avis, je lui soumets le mien. Elle imagine un traitement, j'avance quelques réserves, elle rebondit sur l'importance de tel ou tel médicament. Docteur House n'a qu'à bien se tenir. Après avoir consulté un vrai docteur, celle qui avait le meilleur pronostic gagne la reconnaissance de l'autre.

Rire de nos peurs m'aide à relativiser un peu, à me dire que je ne suis pas totalement folle, ou alors qu'on est au moins deux sur cette terre à l'être, à me sentir moins seule, même si je sais déjà que, lorsque je raccroche, la nuit arrive, ponctuelle, noire et terrifiante. La pause est finie.

Tramonto

13 avril

« J'ai repris le travail depuis quinze jours, à 80 %, ce qui me laisse le mercredi de libre. Je suis retournée dans mon agence pourrie. Au guichet. Comme mon portefeuille client a été repris par mon collègue Olivier pendant mon absence, on m'a affectée à ce poste-là "en attendant", paraît-il. Je suis clairement mise au placard. J'ai une formation pour être conseillère, vendre des crédits, des assurances, assurer un suivi et, là, je me retrouve à la place que j'avais pendant mon stage et qui consiste à remplir le distributeur avec des billets, remettre les chéquiers aux petits vieux et récupérer la caisse des commerçants.

— Comment le vivez-vous ?

— Super, j'ai payé un verre à toute l'équipe !

— …

— Mon directeur d'agence est un vrai connard, macho, sexiste. Tout ce que je déteste. À l'annonce de ma grossesse, sa première réaction a été de me dire : "Mais je croyais que tu n'en voulais plus !" Il m'a ensuite fait la liste de tout ce que mon absence allait me coûter, m'a expliqué que cela allait ralentir, voire briser, ma carrière. Il a ajouté que l'agence continuerait à évoluer et que je resterais sur le côté, à regarder. À mon retour, lorsqu'il m'a vue assise derrière le guichet, il a eu un sourire satisfait, m'a à peine saluée et s'est enfermé dans son bureau de connard. Depuis, je cherche un plan pour le tuer et faire disparaître son corps.

— Comment gérez-vous avec les enfants, et votre blog ?

— Ma mère et ma belle-mère se partagent la garde de Mia. J'avoue que je me réjouis de ne pas avoir besoin de la laisser à des inconnus en crèche ou chez une nounou. Elle est encore si petite. Sam est un grand garçon qui va à l'école et à la cantine. Je vais dire la même banalité que toutes les mères de la planète : il grandit si vite. L'avantage de mon nouveau poste, c'est qu'il me laisse pas mal de temps libre. J'en profite pour écrire des articles sur le blog, répondre aux commentaires. Oui, je sais, ce n'est pas hyper correct mais, vu ce qu'ils m'ont fait, je n'ai pas le moindre scrupule, voyez-vous.

— Bon, la situation vous arrange un peu finalement ?

— Oui, on peut dire ça. C'est juste un job alimentaire et, faute de mieux pour le moment, s'il me permet au moins de me consacrer un peu à ma passion de l'écriture, je prends !

— Je suis d'accord avec vous. Mais j'espère vraiment que vous arriverez à trouver un travail qui puisse être passionnant !

— Il paraît que l'espoir fait vivre, et comme j'ai moyennement envie de mourir, alors espérons. »

Je n'ai pas dit à ma psy combien mon mari me manque.

Il y a certains sujets qu'on n'aborde pas dans un cabinet parce que mettre des mots sur des sentiments ne ferait que les amplifier et, surtout, m'obligerait à admettre qu'ils existent.

Ça fait déjà assez mal comme ça.

Oui, mon mari me manque. La vie avec deux enfants, deux boulots est un marathon quotidien. Le soir, on s'endort sur le canapé dès que le film commence. Les week-ends défilent à une allure folle. Et c'est déjà lundi.

Adel est passionné par son travail, il est photographe et il est extrêmement doué. C'est un artiste, il peut passer des heures à trouver le bon angle, à mettre en valeur un détail.

Son truc, ce sont les paysages, les couchers de soleil particulièrement, mais comme ce genre de clichés ne rapporte pas beaucoup d'argent, il photographie surtout les amoureux, les jeunes, les vieux, les mariages. Il immortalise le bonheur.

Ses photos décalées et pleines de tendresse lui valent un agenda chargé. Il se déplace beaucoup, shoote aussi hors de la région et, même si je suis heureuse (et un peu envieuse) qu'il puisse vivre de sa passion, je me sens de plus en plus seule et sa réussite ne fait qu'accentuer mon ennui total dans mon travail.

Je culpabilise tout à coup de ressentir ça et décide d'aller le surprendre à son studio.

Je fais demi-tour, m'arrête devant la première boulangerie que je trouve sur le chemin, lui achète une religieuse au chocolat – sa pâtisserie préférée.

Je le trouve en train d'examiner des clichés. Il ne m'entend pas arriver, alors je prends le temps de l'observer.

Il est beau, grand, avec des traits très fins. Il a de longs doigts sur lesquels brille son alliance, son unique bijou.

À 16 ans, j'étais tombée immédiatement amoureuse de son sourire, un peu en coin, sincère et doux. Quinze ans plus tard, je l'aime toujours autant, plus encore peut-être. Il fait partie de moi. Il est mon roc. Fort, rassurant, au milieu de la tempête qu'est ma vie.

Il est drôle, cultivé et ouvert. Un autre jour, je ferai sûrement la liste de tous ses défauts mais pas maintenant. Pas maintenant parce que la lumière du studio réchauffe son visage, qu'il lève les yeux vers moi, me sourit et que je sens, là, au creux de mon ventre, l'immensité de l'amour que je lui porte.

Ridere

31 mai

« Pour la fête des Mères, j'ai eu l'idée de lancer sur ma page Facebook un concours du cadeau le plus conceptuel. Non, moche, en fait. Du cadeau le plus moche, je vais être honnête.

— Anna, c'est horrible !

— Oui, je sais. Mais qu'est-ce qu'on s'est marrées, mon Dieu. Il y avait des horreurs. Des choses immondes. J'en ai reçu des centaines !

— Cela a été bien perçu par votre communauté ?

— Oui ! À 90 %, je dirais ! Les femmes qui me suivent sont très drôles, vous savez. Ça a même fait rire la plupart des enseignants qui ont pourtant passé des heures à réaliser ces "œuvres". Bon, il y a eu quelques outrées, mais je m'en fiche un peu. Je veux dire, on n'est pas des monstres, on ne dit pas à nos enfants que leur cacadeaux… C'est comme ça que je les ai baptisés, c'est drôle, non ? Bref, on ne dit pas aux enfants ce qu'on en pense vraiment, qu'ils sont laids. Et, comme en plus de feindre, on doit aussi exposer ces ignominies dans nos salons, on peut au moins se marrer entre nous !

— Oui, vu comme ça… J'avoue qu'en y repensant, lorsque mes enfants étaient petits, j'ai moi-même laissé choir quelques poteries l'air de rien !

— Vous voyez ! Cette année, la grande gagnante est une maman qui a reçu un pot en terre cuite avec, à l'intérieur, un cactus en gant Mapa. Il faut que je vous montre une photo, c'est indescriptible. J'en ai ri pendant deux jours !

— Montrez-moi… Oh… Ah oui, quand même !

— Ces femmes sont une vraie bouffée d'oxygène. Elles sont de plus en plus nombreuses d'ailleurs, bientôt 20 000 ! C'est fou !

— Et vos angoisses ?

— Toujours fidèles au poste ! On ne change pas une équipe qui gagne ! »

Ce soir, c'est sortie entre filles. On essaye de se voir au mois une fois par semaine pour boire un verre, se faire un ciné ou un bon resto. J'attends qu'Agathe vienne me chercher. Elles ne me laissent jamais rouler la nuit depuis que j'ai failli tuer un homme.

OK, je n'avais pas mes lunettes et je suis myope comme une taupe. Mais il faut aussi être un poil suicidaire pour s'habiller tout en noir, en pleine nuit, et traverser sur un passage piéton même pas éclairé.

Je veux dire : pas éclairé avec des flèches clignotantes et des panneaux affichant « Attention, possibilité de passage de piétons, vêtus de noir, la nuit ».

Moi, je trouve que ce serait le minimum, ce genre d'installation.

En attendant, j'enfile le pyjama à Mia mais, depuis qu'elle marche, c'est plus compliqué. Je dois sans cesse lui courir derrière.

J'ai raté ses premiers pas. C'est ma belle-mère qui m'a envoyé une vidéo, accompagnée d'un message : Anna, rigarde, elle marche, si magnifik.

Oui, ma belle-mère écrit avec un accent. Ça m'a fait sourire et ça a un peu atténué ma peine d'être à l'agence à ce moment-là, en train de tamponner des chèques, plutôt qu'auprès de ma fille pour la féliciter de cet exploit.

Adel est avec notre fils. Il lui explique comment éplucher les légumes. Ces deux-là sont très doués en cuisine, bien plus que moi qui ai réussi à cramer des poissons panés pas plus tard qu'hier soir.

Je finis de me préparer. Un SMS s'affiche sur mon téléphone. Agathe :

Je serai là à 20 h 17.

Je réponds que je suis vraiment désolée mais que j'aurai un peu de retard et que je n'arriverai pas à être prête avant 20 h 18, au mieux. Je souris, je sais qu'elle aussi.

OK, tant pis, je lirai un bouquin en attendant, que veux-tu que je te dise !

On a les mêmes blagues depuis des années et je ne m'en lasse toujours pas. Je suis très bon public !

Mes deux traits d'eye-liner sont symétriques. Les femmes qui portent de l'eye-liner savent de quel genre d'exploit il s'agit. Je décide que cela vaut au moins un selfie sur Instagram.

À peine 92 photos, 17 filtres et un léger changement de luminosité plus tard, mon cliché est prêt et je clique sur « publier ». On dira ce que l'on veut des réseaux sociaux mais ils ont parfois le mérite d'accueillir à sa juste valeur ce genre d'événement. En effet, les premiers likes et « ah oui, c'est vraiment symétrique, bravo ! » arrivent. Mon ego et moi-même sommes donc parés à rejoindre nos amies !

J'attrape mon manteau, mes clés, mon sac. J'embrasse toute ma petite famille et je file.

« Maman, tu sors pieds nus ? » Merde, mes pompes. Il faut vraiment que je dorme.

Dans mon dressing, je choisis des escarpins nude, parmi les innombrables (quand on aime, on ne compte pas) paires de chaussures rangées devant moi – parfaits avec ce jean et cette jolie soirée de printemps.

Un petit coup d'œil dans le miroir, pas mal. Un dernier détail à vérifier : je lève le pied, parfait.

La semelle est comme neuve.

Incubo

17 juin

« J'ai eu une journée épuisante, moralement et physiquement.

— Racontez-moi.

— Mia fait pas mal de cauchemars en ce moment, donc nos nuits sont très hachées. Je suis arrivée à l'agence en retard et mon directeur n'a évidemment pas laissé passer cette occasion rêvée pour me montrer que "les enfants nuisent grandement à la vie d'entreprise". J'ai menti en prétextant une panne de voiture et soutenu que, depuis mon retour, jamais mes enfants n'avaient été un problème pour mon travail, que j'avais toujours été à l'heure, que je n'avais jamais demandé une journée "enfant malade" et que ses sous-entendus étaient totalement injustifiés. Je lui ai d'ailleurs fait remarquer que mon collègue Baptiste était arrivé en même temps que moi et que, bien qu'il soit papa, il n'avait eu droit à aucun sermon sur son retard. Je lui ai demandé pourquoi une femme en retard l'est forcément à cause de ses enfants, alors qu'un homme l'est à cause d'éventuels bouchons ou problèmes de transport.

— Bien joué, vous avez totalement raison !

— Je sais… Mais c'est là que cette vieille bique de Catherine, ma plus vieille collègue avec laquelle je partage le guichet et qui empeste le patchouli, ce qui me file des migraines épouvantables, a cru bon de venir me dire : "Anna, téléphone pour toi, c'est l'école de ton fils !" J'ai été très déçue, à cet instant précis, qu'elle ne soit pas déjà en retraite, puis j'ai failli m'évanouir de peur avant de réussir à décrocher le téléphone.

— Que s'était-il passé ? Vous aviez encore oublié le sac de piscine ?

— Non, Sam avait vomi. "Partout alors qu'on faisait un atelier cuisine", je cite. J'espère que personne n'a touché à ces crêpes. Je suis donc partie et, dans la voiture, j'ai commencé à ressentir une colère énorme. Pourquoi m'ont-ils appelée, moi ? Le studio de mon mari est plus proche de l'école, c'est spécifié sur la fiche de renseignements. Vous savez, celle qu'on se fait chier à remplir chaque année en 17 exemplaires. Le numéro d'Adel figure avant le mien car il est plus à même d'intervenir rapidement et, pourtant, ils m'appellent, moi. LA MAMAN, BIEN SÛR. Il ne faudrait pas déranger monsieur au travail. La société pense encore que cela nous incombe, à nous, les mères, que c'est notre rôle de tout lâcher et d'accourir au moindre vomi. Et c'est ce que je dois croire, moi aussi, au fond, parce que, sans réfléchir un instant, j'ai sauté dans ma voiture et laissé madame Patchouli en plan ! J'en ai marre de ces codes, marre de ces mentalités. Il est quand même temps que tout cela change. »

Je décide de partager ce ras-le-bol dans un article coup de gueule sur mon blog. J'espère trouver du soutien, éveiller les consciences.

Les premiers commentaires sont en accord avec mon point de vue puis arrivent : les Les femmes d'aujourd'hui veulent être des hommes et ça, ça fout en l'air la société, les Chez toi, on sait qui porte la culotte ! Ah, ah ! Je plains ton mari !, ou encore les Bien sûr que c'est à nous, mamans, d'accourir ; nos enfants auront toujours plus besoin de nous que de quiconque ! J'espère que vous avez honte !.

Leur point commun ? Tous postés par des femmes.

J'hésite à me rouler en boule sous la table et à me balancer d'avant en arrière ou à me crever les yeux avec des baguettes japonaises.

Ça me révolte. Je me fais la promesse d'aborder plus régulièrement le thème de l'égalité des sexes sur mon blog. Plus on en parlera, et plus les choses avanceront.

Pugno

18 août

« Bonjour, Anna, comment allez-vous ? Quel joli paysage derrière vous ! Alors, l'Italie ?

— Génial ! Ça fait toujours du bien de rentrer à la maison. Je me sens si apaisée lorsque je suis ici.

— Les vacances se passent bien ?

— Plutôt ! Les enfants profitent de la plage. Hier, ma nonna a même accepté de venir avec nous ! Elle a mis son maillot de bain vert. Elle l'a depuis trente ans et a dû l'utiliser trois fois ! On a passé une journée géniale. Mon mari se régale : il fait des photos sublimes de paysages. La côte amalfitaine est la plus belle côte du monde !

— Ça fait du bien de vous voir heureuse. Tout a l'air d'aller, pourquoi avez-vous quand même voulu qu'on se voie ?

— Il s'est passé quelque chose aujourd'hui, j'avais besoin d'en parler.

— Alors très bien, je vous écoute.

— On rentrait de la plage, en fin de matinée et, a lors qu'Adel garait la voiture dans le garage, le voisin d'en face est sorti pour interroger mon père sur le "bougnoule" qui se garait chez lui. Je me tourne vers mon père et lui demande si j'ai bien compris ce qu'il vient de dire. Il me regarde de travers, me somme de me taire – "Ne fais pas d'histoires" – et m'ordonne de rentrer. Je pose donc ma fille et mon panier de plage par terre, me dirige calmement vers la porte d'en face et colle un coup de poing, de toutes mes forces, dans le nez de cette sombre merde. Surpris, il vacille, recule et tombe au sol. C'est là qu'il s'est passé quelque chose à l'intérieur… Je n'ai plus eu aucun contrôle. Comme si j'étais sortie de moi et que je regardais, impuissante, ce que mon corps était en train de faire à cet homme. J'ai commencé à frapper très fort : coups de pied dans le ventre, dans la tête, baffes dans le visage. Je hurlais des injures en napolitain. Je lui ai même craché dessus. Il doit avoir 40 ans et peser le double de mon poids ; pourtant, ma force, à ce moment-là, était telle qu'il n'arrivait pas à se relever. Mon père et mon mari ont accouru. Plus ils me maintenaient, plus je devenais folle. J'ai hurlé jusqu'à n'en plus pouvoir. Et puis le trou noir.

— Mon Dieu, Anna !

— Je me suis réveillée sur le lit de ma grand-mère. Mon mari et elle étaient près de moi. Adel, le pauvre, n'avait toujours pas compris pourquoi j'avais pété les plombs. Il n'avait aucune idée de la remarque raciste qui avait déclenché cette haine. J'ai eu honte en pensant à mes enfants, qui avaient assisté à toute la scène et à qui je dis toujours de ne pas taper, à qui j'explique, depuis leur naissance, que la violence ne résout rien. Je me sentais mal, vraiment. Mais le pire, dans tout ça, c'est lorsque j'ai vu le visage de mon père, assis dans la cuisine. Fermé, dur, le même qui me faisait peur lorsque j'étais petite. J'ai alors voulu plaisanter et lui ai lancé un "Tu ne l'avais pas prévenu, le voisin, que tu avais une fille qu'il ne fallait pas emmerder ?" et, là, ça a été la douche froide. Il m'a dit que je lui faisais honte, que c'était inadmissible, que j'étais complètement folle, et puis qu'est-ce qu'il allait bien pouvoir dire aux gens, hein ? Il me hurlait dessus qu'il faudrait payer maintenant, pour ne pas que l'autre aille porter plainte, que je suis stupide, vraiment stupide. "Et puis, d'abord, qui t'a appris à réagir comme ça, hein ? QUI ? Je t'ai élevée comme ça, moi ?"

— Que lui avez-vous répondu ?

— Rien. Je suis restée debout, là, à regarder dans le vide. J'ai revu toutes les fois où il frappait. J'ai revu le sang, le nez cassé de ma mère, la haine folle dans ses yeux. Je me suis demandé si tout cela avait été bien réel, si tout cela avait vraiment existé ou si ce n'étaient que des cauchemars d'enfant. J'ai eu le doute, je vous le jure, l'espace de quelques secondes. J'ai eu le doute si fort que j'ai cru être vraiment folle, et puis je me suis de nouveau évanouie. »

Le voisin n'a pas porté plainte. Il a le nez un peu amoché et quelques égratignures au visage, mais mon petit gabarit n'a pas fait plus de dégâts que ça. Je suis allée m'excuser. Je lui ai dit que même les sales racistes dans son genre ne méritaient pas de se faire tabasser devant chez eux et que je n'aurais jamais dû agir ainsi. Mon père est parti pour quelques jours, officiellement pour le travail – il est commercial –, mais je sais qu'en fait il a fui car il a honte. Tout le village m'appelle déjà Rocky Balboa.

Je me suis aussi excusée auprès de ma nonna. Je n'ai pas envie qu'elle ait de la peine. Mais elle dit que je ne dois pas m'en faire pour elle, qu'elle est fière que j'aie défendu mon mari et qu'elle n'hésiterait pas à me défendre face à toutes les vieilles pies qui parlent sans savoir.

Elle me confie que mon nonno lui manque beaucoup. Il est mort depuis quinze ans déjà, à la suite d'un combat qu'il n'a pas réussi à remporter. Le cancer du poumon était un adversaire redoutable. Elle ne s'en est jamais remise et a porté le deuil pendant dix ans. Elle m'assure qu'elle aurait réagi de la même façon si quelqu'un avait déshonoré son mari. Qu'Adel est un homme si gentil qu'elle a elle-même envie d'aller regifler l'autre abruti.

Je la serre dans mes bras, j'embrasse sa joue fripée et je lui dis que je l'aime, que je l'aime si fort que mon cœur explose.

« Arrête avec tes phrases mielleuses et va me chercher des tomates dans le jardin. La salade ne va pas se faire toute seule, je te signale ! » Je la vois se retourner pour essuyer une larme avec son tablier. Elle se lève, me met une tape sur les fesses : « *Mouviti !* Dépêche-toi ! »

Je l'aime encore plus fort.

Diario

3 octobre

« J'ai reçu une première proposition de partenariat pour mon blog.

— C'est vrai ? En quoi ça consiste exactement ?

— Une marque de poussettes me propose de tester leur dernier modèle, puis de donner mon avis dans un article contre rémunération.

— C'est plutôt génial !

— Carrément ! Je sais que les blogueurs font de plus en plus partie intégrante du budget communication des marques. Ils leur assurent une certaine présence sur les réseaux sociaux. Les lecteurs nous font confiance. On me dit souvent que je suis comme une bonne copine. À force de partager des petits bouts de vie, les femmes qui me lisent ont l'impression de me connaître et mon avis compte pour elles.

— Et ces publicités sont bien perçues par votre lectorat ?

— Je pense que, si je reste honnête et objective, oui. Il faut trouver la bonne façon de faire et surtout essayer de rester sincère, même s'il y a de l'argent derrière. J'ai donc accepté cette première offre, la marque m'ayant assuré que j'avais une liberté totale sur l'écriture de l'article.

— Je suis heureuse pour vous, Anna ! Est-ce que ça ne serait pas le début de la réalisation de votre rêve, ça ? Gagner votre vie en écrivant ! »

J'ai toujours eu un journal intime. J'en avais un lorsque je vivais en Italie. C'était juste un cahier, rouge. Dessus, j'avais écrit : « *Diario del cuore* », littéralement « agenda du cœur ». C'est le terme consacré, en italien, pour désigner un journal intime. Pour ne pas que ma mère le lise, je l'entourais d'un bout de ficelle – la même qu'elle utilisait pour le rôti.

J'étais persuadée de l'efficacité de ce système de sécurité révolutionnaire. J'ai bien fait de ne pas me reconvertir dans la fabrication d'alarmes.

Je me souviens que je n'y parlais pas trop de ce qui se passait à la maison. Déjà, petite, je connaissais le poids des mots. Verbaliser a toujours été, pour moi, très difficile. Nommer les choses, c'est les faire exister. Et j'ai toujours cru que si on les ignorait plutôt, elles finiraient par disparaître.

J'y ai parlé de ma petite sœur tant qu'elle était bébé. Je racontais combien elle était jolie et que j'adorais la promener dans les rues du village. Je racontais ses petits pieds, ses premières phrases un peu écorchées. Dès que je me suis rendu compte que quelque chose n'allait pas très bien, j'ai arrêté d'évoquer Giulia.

Pour que ses problèmes disparaissent aussi. Mais, comme pour tout le reste, et comme pour la ficelle autour du cahier, ça n'a pas été très efficace.

Je noircissais des pages et des pages au sujet de ma maîtresse, la *Signora* Rizzo. Je l'ai eue de mon entrée au CP jusqu'au CM2. Je l'aimais tellement. J'étais sa chouchoute, il faut dire. Elle prenait mes cahiers en exemple pour les montrer à toute la classe. « Voyez comment écrit Anna. Regardez comme c'est propre, comme ses lettres sont joliment formées ! » Et j'étais très gênée, et très très fière en même temps.

Alors je parlais d'elle, de ses cheveux noirs comme le charbon, de ses boucles trop laquées, de ses petites lunettes rondes. Elle était mince, douce, et me donnait envie de faire ce métier-là, un jour. Lorsque je rentrais, je m'empressais de raconter ma journée à mon *diario*, puis je courais chez mes voisines, Rita et Lia, et on jouait *alla Signora* Rizzo.

J'interprétais le rôle, bien évidemment. Je piquais les lunettes loupes de mon nonno et, assises à même le sol, dans notre petite rue, on recréait la salle de classe.

Le cahier rouge est resté avec mes cahiers d'écolière en Italie le jour où nous sommes partis. J'ai reçu un nouveau journal intime lors de mon premier Noël en France, un cadeau d'Agathe.

Elle avait le même, et on avait fait le pacte d'y consigner nos journées et nos sentiments chaque soir, de se les échanger le matin au collège pour pouvoir lire le texte de l'autre, puis de les récupérer avant de rentrer à la maison pour, de nouveau, recommencer à écrire.

Ça a duré plusieurs années. Tout y est : premier amour, premier baiser, petites chamailleries et grosses disputes. Il y a le récit palpitant de mes premières règles et celui, tout aussi incroyable, de la pose de son appareil dentaire.

On y collait nos photos, celles qu'on faisait au photomaton, après être sorties de chez le coiffeur avec une coupe ratée – jamais celle qu'on voulait. Le pire reste le jour où on a voulu imiter la coupe courte de Laly dans *Hélène et les garçons* ; à vraiment éviter sur un visage, en pleine transformation, d'adolescente boutonneuse… Celles de nos soirées pyjama aussi.

Des moments gravés à jamais. Des années de récits drôles, touchants, loufoques, sincères. Je suis triste pour les ados d'aujourd'hui, d'ailleurs. Eux ne pourront jamais retrouver, dans un vieux carton, un journal contenant des souvenirs d'amitié aussi précieux. Les SMS, contrairement au papier, ne traversent pas les années. On communique plus, mais on s'en souvient moins.

Lors de ma courte première grossesse, j'ai tenu un journal de bord de mes sensations sur mon ordinateur. J'y racontais les échographies, les achats, parfois même les peurs – consciente, cette fois, que les refouler ne suffirait pas à les faire disparaître.

Je l'ai clôturé lors du premier anniversaire de Samuel en lui écrivant le récit de sa naissance.

J'ai donc toujours écrit. En napolitain, en italien, en français. J'ai toujours adoré le faire, essayer de trouver les bons mots, la tournure parfaite qui exprimerait au mieux une situation, un instant, une pensée.

J'aime écrire car cela ne fait pas de bruit. L'écriture permet de crier en silence, de pleurer sans larmes, de communiquer sans paroles.

Parler, c'est terrifiant.

Aujourd'hui, j'ai une tout autre sorte de journal intime : j'ai un blog. D'un simple clic, tout le monde y a accès et peut commenter ce que je choisis de partager de ma vie, de mes pensées.

La ficelle, je l'ai donc plutôt mise tout autour de mon cœur.

Scrivere

5 décembre

« Comment allez-vous aujourd'hui, Anna ?

— Je vais bien, j'ai deux bonnes nouvelles.

— Les acteurs de *Friends* se réunissent pour un film et vous avez gagné une carte illimitée à dépenser dans un magasin de chaussures ?

— Vous pensez vraiment que mes désirs les plus fous se résument à de telles futilités ? Vous avez raison ! Mais, non, ce n'est pas ça… Ceci dit, c'est presque aussi dingue ! J'écris désormais de façon régulière pour deux sites, des magazines en ligne pour parents, plus précisément ! Je suis pigiste et rémunérée pour chaque article !

— C'est tout simplement génial !

— Oui ! Mais attendez, ce n'est pas fini. Avant ça, il y a deux semaines environ, j'ai reçu un message privé via ma page Facebook ; une certaine Solenn d'une maison d'édition lyonnaise. Elle m'a dit qu'elle suivait mon blog depuis le début, ou presque, et qu'elle souhaitait me proposer de publier un livre ! Pas un roman, mais un recueil de mes billets, de mes statuts les plus drôles… Bref, un petit ouvrage sympa à destination des mamans ! Je l'ai rappelée dès le lendemain. Je ne voulais pas trop m'emballer mais je l'ai rencontrée avant-hier. Elle a fait le déplacement juste pour moi et j'ai signé un contrat ! MOI ! J'ai signé un contrat d'édition ! Est-ce que je suis en train de rêver ?

— Ah, ah ! Non, Anna, vous ne rêvez pas ! Vous faites quelque chose qui vous plaît et vous le faites bien. Il est normal que cela commence à porter ses fruits !

— C'est tellement fou ! Cette aventure a commencé il y a un an tout pile et j'ai l'impression qu'elle va bouleverser ma vie. Je ne sais pas trop de quoi demain sera fait, mais, pour une fois, j'ai envie de croire que ce sera positif ! Ce soir, j'ai dit à Adel qu'on irait dans notre restaurant favori fêter ça avec les enfants. C'est un pakistanais qui fait des naans à tomber par terre. En rentrant, je publierai un article sur le blog pour annoncer la bonne nouvelle à mes lectrices. J'aimerais réussir à leur expliquer à quel point la publication de ce livre compte pour moi ! »

Ce soir, j'ai une pensée pour une fillette de 12 ans. Une immigrée, arrachée à son pays et catapultée dans un autre, comme ça, du jour au lendemain.

J'ai une pensée pour sa première dictée de français – un extrait du *Petit Prince* écrit totalement en phonétique –, pour son prof, M. Bosc, qui lui disait que ça viendrait un jour, que ça allait bien se passer, qu'elle y arriverait.

J'ai une pensée pour les moqueries de ses camarades, parce qu'elle ne savait pas parler, parce qu'elle avait un fort accent. Je pense aux larmes versées, aux efforts fournis, au travail, aux livres pour enfants apportés par son unique amie de l'*époque* et à cette revanche sur la vie qu'un jour, forcément, elle prendrait.

Aujourd'hui, cette fillette a 30 ans.

Un soir d'hiver, une éditrice, Solenn, lui a proposé de publier un livre.

Son livre.

Aujourd'hui, c'est signé.

La fillette et la femme que je suis devenue ne font plus qu'une en écrivant ces lignes.

Je suis émue et totalement consciente de la chance incroyable que j'ai de vivre cette expérience de folie.

Je n'écris plus en phonétique mais je repense au *Petit Prince* souvent, à sa symbolique, à sa morale. Ma première approche de la langue française n'aurait pas pu être plus belle.

Je chéris cette langue magnifique et m'apprête à être une autrice, moi, l'immigrée italienne dont on se moquait. Il faut croire que les belles histoires existent vraiment et qu'elles n'arrivent pas qu'aux autres.

Merci à vous de me suivre, qui rendez ce projet possible.

Merci à Solenn de croire en moi.

Merci à Agathe pour les livres d'enfant.

Merci à M. Bosc parce qu'il avait raison. Ça va, j'y suis arrivée.

Le livre sortira bientôt.

Je le souhaite à l'image du blog et de la page. J'espère qu'il vous plaira. Je jure que je ferai tout pour, j'y mettrai tout mon cœur.

2013

Ingiustizia

9 janvier

« Nous aimerions déménager, trouver un appartement plus grand.

— Parfait, vous avez déjà commencé à chercher ?

— Oui et j'ai fait un constat assez flippant : lorsque je vais aux visites seule, les propriétaires ou les agences sont ouverts, souriants. Chaque fois qu'Adel m'accompagne, la visite est rapide, bâclée et, en règle générale, si nous décidons de postuler pour la location, on m'apprend dans la foulée que le bien est finalement déjà loué. Je pensais à une coïncidence, puis je suis repassée ce matin même devant un appartement visité il y a quinze jours, qui nous plaisait beaucoup et qui était *a priori* pris. La pancarte « à louer » y figure pourtant toujours, alors j'ai appelé l'agence, donné un autre nom et on m'a proposé de le visiter. À votre avis, je dois en conclure quoi ?

— Quelque chose de "flippant", comme vous dites. Je suis vraiment désolée, désolée que la société continue à discriminer ainsi.

— Je suis tellement en colère. J'ai hurlé au téléphone que j'allais porter plainte pour discrimination, que je n'en resterais pas là. Il s'agit de racisme pur et simple. Nous avions eu les mêmes soucis pour trouver notre logement actuel. Nous l'avions heureusement obtenu grâce à un ami de ma mère. C'est tout bonnement scandaleux. Mais comment prouver qu'on refuse notre dossier à cause des origines maghrébines de mon mari ? On dira que ce sont les salaires qui sont en cause ou les garanties, bien sûr, et qu'on fabule ! Je suis si triste d'avoir fait naître mes enfants dans ce monde pourri !

— Au contraire, ce sont les métissages, ce sont les couples comme vous, vos enfants, qui font petit à petit évoluer les mentalités. Ne baissez pas les bras ! Et puis vous voulez vraiment donner de l'argent chaque mois à des racistes ? Mieux vaut trouver autre chose ! »

Adel relativise totalement la situation. Il dit que rien ne sert de s'énerver, qu'on trouvera un autre appartement et que, finalement, celui-ci n'était pas si bien que ça. Il dit être habitué, qu'il le vit depuis l'enfance, qu'il se sent étranger dans son propre pays, jamais vraiment à sa place. Montré du doigt en France parce que d'origine marocaine et musulman et, au Maroc, parce que français, né en France, privilégié par rapport à sa famille restée sur place.

Ses parents sont arrivés en France juste après leur mariage. Ils avaient à peine 18 ans. Depuis, ils ont travaillé pour ce pays chaque jour de leur vie.

Ils ont payé leurs impôts, créé une entreprise, fourni du travail à d'autres personnes, sans jamais oublier d'aider la famille dans le besoin au Maroc, et ont réussi, par leur seule volonté, à se construire une vie confortable avec leurs trois enfants.

Mon mari n'a jamais manqué de rien. Ses parents ont toujours tout fait pour lui et ses sœurs. Ils l'ont aidé pour ses études de photographe et pour l'achat du premier matériel. Pour tout ça, et parce qu'ils sont aussi des gens aimants et profondément bons, il leur voue un véritable culte. Et je le comprends. J'ai découvert mes beaux-parents alors que j'avais moi-même tout un tas d'a priori. Dus à mon ignorance et à ma « peur » de l'altérité.

J'ai trouvé en eux une famille bienveillante, qui m'a ouvert les portes, expliqué ses traditions et accueilli les miennes.

Nos différences de religion n'ont jamais été un problème. Je ne me suis jamais sentie comme étrangère. Ils m'ont adoptée, moi, ma croix au cou et mes pâtes à tous les repas.

Je ne comprends pas qu'on puisse leur faire du mal. Je ne comprends pas qu'ils doivent travailler plus dur que les autres pour se faire accepter. Je ne comprends et ne tolérerai jamais qu'ils soient discriminés alors qu'ils sont chez eux.

J'ai tout à coup très peur pour mes enfants : français, nés d'une mère italienne et d'un père d'origine marocaine.

Gelato

19 mars

« Mia a eu 2 ans. On est partis en famille à Disneyland pendant deux jours pour fêter ça.

— Les enfants devaient être ravis !

— Eux, oui ; nous, on y a laissé un rein, nos pieds et nos mains car il faisait moins 8 000 degrés. Ah ! et mon insouciance aussi, car figurez-vous que j'ai distinctement entendu Minnie dire à Mickey qu'elle devait passer au Franprix avant de rentrer. Si même les souris font leurs courses en sortant du boulot, est-ce que ça vaut encore le coup de croire en la vie ?

— Comment avance votre livre ?

— C'est bouclé, il sort dans un peu plus d'un mois. J'ai hâte, mais…

— Mais ?

— Mais j'ai aussi très peur. Et si les gens détestent ? Et s'il ne se vend pas ? Et si les critiques sont mauvaises ? Et si…

— Et si, et si, et siiiii ! Ah, là, là, mais, Anna, il manquait justement le syndrome de l'imposteur à la longue liste des choses qui vous torturent. Dites-moi, que feriez-vous si votre vie n'était pas rythmée par vos angoisses, vos inquiétudes ? Que se passerait-il si, juste un instant, vous laissiez tout ça de côté ? Pour… je ne sais pas moi, disons, profiter du moment présent, savourer les bonnes choses qui vous arrivent. Dites-moi vraiment, que se passerait-il sans vos peurs ? »

J'essaie de me souvenir de l'insouciance. Quel goût a-t-elle ?

Qu'est-ce que ça fait de ne penser à rien, de ressentir une vraie plénitude ? Qu'est-ce que ça fait d'être zen ?

Je cherche dans ma vie d'adulte et je ne trouve pas. Pas un moment. Pas un bonheur qui n'ait été entaché par une petite crise d'angoisse bien sympathique, par une douleur intense due à l'estomac qui se serre. Jamais une journée entière sans cogiter, ruminer. Jamais.

Alors je cherche encore plus loin. L'adolescence, peut-être ?

Mais il y avait trop à gérer : la dépression de ma mère qui, bien que débarrassée de l'homme qui la frappait, n'avait, pour autant, jamais oublié ni fait le deuil de ce même homme qu'elle aimait.

Comment peut-on être amoureuse de son bourreau ? Elle en était libérée mais continuait à le pleurer. Elle n'encaissait plus les coups, mais avait quand même les yeux bouffis. Elle était libre mais triste, prisonnière de ses sentiments.

Elle prenait des antidépresseurs, parfois un peu trop, alors j'avais toujours peur qu'elle meure. Et puis il y avait Giulia, qui grandissait mais qu'il fallait encore protéger. Giulia dont il fallait s'occuper, lorsque notre mère, emportée par sa tristesse, ne pouvait plus correctement fonctionner.

Alors, l'enfance ? En dehors du chaos de la maison, ai-je connu l'insouciance ?

Peut-être la fois où, avec ma nonna et ma tante, l'unique sœur de mon père, on s'était assises sur un banc face à la mer.

On avait pris une glace *cioccolato e nocciola*, parce que le chocolat et la noisette étaient nos goûts préférés à toutes les trois. On riait parce que les pieds de ma nonna avaient gonflé à cause de la chaleur et ressemblaient à des miches de pain.

Ensuite, on s'était promenées dans les rues de Salerno pour faire du lèche-vitrines. Il faisait bon. J'étais entre ces deux femmes que j'aimais tant. Elles me tenaient par la main. Rien ne pouvait m'atteindre.

Le soir, j'allais dormir avec elles dans leur maison, à l'abri de la mienne. Je me sentais for te, aimée et, sur tout, en sécurité. Une enfant comme les autres.

Alors, tout à coup, je sais. L'insouciance a le goût d'*un gelato* chocolat noisette.

Toccare

29 juin

« J'ai reçu les premiers chiffres de vente du livre. C'est bon, c'est très bon.

— Vous êtes la seule à douter de vous, Anna.

— Mes amies et ma mère me disent pareil.

— Vous confiez vos angoisses à votre mère ?

— Étrangement, oui. C'est la seule chose que je lui confie, d'ailleurs. Et je dois avouer qu'elle gère plutôt bien. Elle me laisse parler, puis essaie de me rassurer de la bonne façon.

— Comment s'y prend-elle ?

— Elle ne me fait pas de câlin, par exemple.

— Et c'est une bonne chose ?

— Oui, je déteste ça. Je ne suis pas du tout tactile, sauf avec mes enfants et mon mari. Je suis très mal à l'aise avec l'effusion de sentiments, les embrassades et *tutti quanti*. Même faire la bise m'horripile. En plus, ce n'est vraiment pas hygiénique, ce genre de pratique ! Voilà une bonne façon de se refiler ses microbes ! "Coucou, ça va ? Tiens, je t'embrasse, je te file ma gastro. J'espère que tu as fait le plein de

PQ ! Allez, à plus, hein." C'est quoi ces conneries, sérieux ?!

— Votre maman a donc au moins une qualité, je commençais à en douter !

— Deux ! Je vous ai dit qu'elle était une bonne grand-mère, rappelez-vous. Et puis non, trois même ! Elle est aussi une très bonne mère pour ma sœur. Ah ! Et elle cuisine trop bien les artichauts farcis. »

En sortant de mon rendez-vous, je consulte mes mails : mon éditrice est vraiment contente des ventes du livre. Elle me propose de commencer à penser à un éventuel tome II, avec un à-valoir confortable à la clé pour me permettre de l'écrire.

Je me rends compte qu'entre mes piges, les partenariats avec les marques et, maintenant, cette nouvelle aventure, j'ai presque réussi à doubler mon salaire. Mon blog me rapporte presque autant que mon emploi à la banque et ce malgré mes refus réguliers de propositions, faute de temps pour tout gérer.

J'écris le soir ou pendant les heures creuses à la banque et surtout le week-end mais, si j'avais le temps de développer un peu plus cette activité, pourrait-elle devenir mon métier ?

Peut-être est-il temps de considérer cette éventualité ? Peut-être que, comme Adel, je pourrais bientôt, moi aussi, vivre de ma passion ? Est-il temps de commencer à l'envisager ?

Pazzi

20 septembre

« Je n'ai pas vu l'été passer. Avec le déménagement, les vacances, le travail, le blog. C'était aussi la grosse saison pour Adel, il était absent quasiment tous les week-ends. Les gens adorent se marier avec le soleil pour témoin. Je me rends compte que j'ai dû gérer beaucoup de choses seule.

— Vous pouvez être fière de vous.

— Je me sens si fatiguée. Et la fatigue attire les crises d'angoisse. J'en fais quotidiennement en ce moment. Ça m'épuise de devoir les combattre, les contourner et, donc, je suis encore plus fatiguée, et je fais encore plus de crises. Quel magnifique cercle vicieux, n'est-ce pas ?! Ça donne envie, non ?

— Comment les contournez-vous, ces crises ?

— Je dois aménager chacun de mes faits et gestes pour éviter d'affronter mes peurs. C'est un exercice difficile qui requiert une attention de tous les instants. Si je dois me rendre d'un point A à un point B en voiture, par exemple, je dois absolument éviter les autoroutes. Je dois donc étudier mes itinéraires en amont et, bien sûr, le trajet en lui-même me prend deux fois plus de temps. Si je dois aller faire les courses, je dois trouver un créneau pour être sans mes enfants : les grandes surfaces, leurs lumières trop fortes, leur bruit et leur affluence me font peur. Je dois donc être seule pour pouvoir en sortir le plus vite possible en cas de crise. Je peux facilement laisser un caddie en plan, mais pas deux enfants. J'ai déjà essayé, on vous retrouve et on vous les rend. L'arnaque. Même lorsque je vais au ciné avec les filles, j'accepte à l'unique condition de m'asseoir tout près de la sortie. Et, croyez-moi, si on est proches de la sortie, ça veut dire qu'on est très mal placées en général. Je soupçonne mes amies d'y aller régulièrement sans moi pour en avoir pour leur argent. Je les comprends. J'ai l'impression d'être un vrai boulet. C'est comme ça pour tout, tout le temps. Et c'est épuisant.

— Y a-t-il un endroit où vous vous sentez parfaitement en sécurité ?

— Non. Je me déteste d'être comme ça. Je me hais profondément de ne pas être juste normale. Je me rends compte que je suis mon propre bourreau. »

Nous sommes mercredi : comme chaque semaine, je poste le « mercredi confession » sur ma page Facebook. Mes lectrices adorent ce rendez-vous, et moi aussi. Je lance un sujet en invitant à le commenter. Les réponses sont toujours hilarantes.

La semaine dernière, j'avais avoué m'être toujours trompée sur les paroles de « Je danse le MIA ». En effet, je chantais : « Je danse le MIA, pas de pacotille, chemise ouverte, j'ai la mort qui brille » au lieu de « chaîne en or qui brille ». Des années à hurler ça en boîte, en soirée, seule chez moi, sans jamais me rendre compte de l'absurdité de cette phrase. Pour moi, « avoir la mort qui brille » était une expression marseillaise ou un truc de rappeur, voilà tout. La révélation des vraies paroles, très récemment, lors d'un karaoké en l'honneur des 31 ans de Joh, a été une gifle !

Grâce au « mercredi confession », je découvre que nous sommes des centaines, oui, des centaines, à massacrer des paroles.

Adeline N., par exemple, tuait Patrick Juvet en chantant : « Où sont les femmes ? / Avec leurs justaucorps de chaaaaarmmmme!!! » Élodie S. a saccagé Piaf pendant des années : « Il portait des culottes, des bottes de moto / Un blouson de cuir noir avec un Nègre sur le dos. » Quant à Anissa B., elle pensait que le fils de la chanson de Balavoine s'appelait Babataye : « C'est mon fils, Babataye / Fallait pas qu'elle s'en aille, wo, wo, wo. »

J'en ai eu des crampes au ventre à force de rire.

Aujourd'hui, donc, sûrement pour me rassurer un peu, je lance le sujet des peurs, et je demande à mes lectrices de confesser leurs phobies les plus absurdes.

Quelques minutes plus tard, je peux déjà lire de vraies perles : J'ai peur des bâches, elles m'angoissent ; J'ai peur des cuillères en bois mouillées. En fait, j'ai surtout peur de devoir les essuyer avec un torchon en coton. Rien que d'imaginer le bruit de ce frottement, je pourrais en pleurer ; Moi, je suis phobique du liquide qui se forme parfois au-dessus des yaourts, vous voyez ? Ce n'est pas un simple dégoût, c'est une véritable phobie, je ne mange plus de yaourts ; J'ai une peur panique des doigts de pied. J'évite jusqu'à croiser du regard les miens.

Mon fils s'approche de mon bureau et me demande pourquoi je ris.

Je lui réponds que c'est parce que j'ai trouvé des gens aussi fous que moi.

« Dis-moi, tu as peur de quoi, toi, mon petit chat ?

— J'ai peur des crottes de nez de ma copine Amal. »

Je me marre à nouveau. Je crois que les gens bizarres sont finalement les plus drôles.

Abbandono

5 décembre

« Adel va repartir deux jours pour le travail. Et, chaque fois, quelque chose me pousse à provoquer une dispute pour le faire culpabiliser de son absence.

— Et pourquoi faites-vous cela, Anna ?

— Je ne sais pas, c'est plus fort que moi.

— Essayons de comprendre… Qu'est-ce qui vous met en colère lorsqu'il s'en va ?

— Je suis heureuse pour lui, que son activité fonctionne bien, qu'il soit de plus en plus demandé partout…

— Mais ?

— Mais une part de moi est très en colère à chaque départ. Je ressens la même chose lorsqu'il décide, par exemple, de dîner à l'extérieur avec des amis ou de s'offrir une journée *off* au ski.

— Pourquoi ? Pourtant, vous me racontez souvent sortir entre amies aussi, non ? Et aller de plus en plus souvent à Paris, pour des événements liés à votre blog…

— Oui, je sais !

— Pourquoi trouvez-vous anormal qu'il fasse de même ?

— Je n'en sais rien, je vous dis, c'est vous la psy, non ? Moi, je sais juste ce que ça cause chez moi : de la colère. À vous de m'expliquer pourquoi !

— J'aimerais que vous y arriviez seule, que vous puissiez analyser la source du problème.

— Eh bien, moi, j'ai fait un BTS vente, pas médecine avec une spécialisation en psychiatrie et en “sentiments des gens” !

— Comment vous sentez-vous lorsqu'il n'est pas là ? À part en colère ?

— Mais bien, en plus ! Ça me permet de faire mes trucs tranquille, de m'épiler la moustache et de faire caca la porte ouverte !

— Il y a parfois beaucoup de poésie dans vos réponses, Anna, je dois vous le dire !

— Merci !

— Donc, vous vous sentez bien, vous n'angoissez pas ?

— Pas plus que d'habitude, non.

— Avez-vous peur de ce que lui pourrait faire, peut-être ? Est-ce un manque de confiance en votre époux ?

— Je suis un peu jalouse, oui, c'est certain, mais je ne crois pas que ce soit le fond du problème.

— Très bien, alors essayons d'analyser cette colère. Est-ce qu'elle ne s'accompagne pas d'autre chose, d'un autre sentiment ? Est-ce que la colère ne serait pas une conséquence, justement, de cet autre sentiment ?

— Peut-être, oui.

— Pouvez-vous le nommer, Anna ?

— Lorsqu'il part, je me sens abandonnée. »

« L'abandonnisme, aussi appelé syndrome de l'abandon, est un état psychologique de sentiment d'insécurité permanent. Il est lié à une peur irrationnelle d'être abandonné : la personne qui en souffre est en demande d'affection visant à combler un manque originel, comme lors d'une séparation traumatisante dans le passé. »

Trois semaines environ après mon arrivée en France, lorsque j'ai compris qu'on ne repartirait jamais dans l'autre sens, j'ai commencé à avoir très peur.

Je me souviens être descendue au sous-sol de la maison de mes grands-parents, pendant que tout le monde faisait la sieste, et avoir composé le numéro de ma maison en Italie depuis le téléphone mural installé près du garage.

J'ai laissé sonner très longtemps avant d'entendre la voix de mon père de l'autre côté.

Il avait l'air endormi, il chuchotait presque.

« Papa, c'est moi.

— Annarè.

— Papa, c'est vrai ? C'est vrai, on va rester ici ?

— Oui.

— NON ! Je ne veux pas rester ici ! Je veux ma maison, je veux mes copains. Papa, papa, comment je vais vivre sans *nonna mia*, hein ? Papa, pourquoi vous faites ça, maman et toi ? Viens nous chercher ! PAPA ! »

Je crois l'avoir entendu pleurer, mais je n'en suis pas certaine. Ça me paraissait inconcevable que mon père pleure.

Il a pris une grande inspiration et m'a dit :

« Tu vas raccrocher ce téléphone et ne plus jamais composer ce numéro. Tu as compris ? »

Puis il a coupé.

J'ai senti, à cet instant précis, la terre s'ouvrir sous mes pieds. Mes jambes ont lâché. Je me souviens m'être agenouillée sur le sol froid, avoir pleuré longtemps, en silence, le téléphone contre mon cœur. Comment avaient-ils pu me faire ça ? Pourquoi jamais personne ne se soucie-t-il de ce que je ressens ?

Je ne veux pas rester ici.

Je n'aime pas ce pays, il y fait froid.

Je n'aime pas mes grands-parents maternels que je connais à peine.

Je n'aime pas la nourriture, pas cette maison, pourtant si luxueuse par rapport à la mienne, mais où il n'y a aucun souvenir. Je m'y sens comme une étrangère.

Ma maison à moi est vieille et inconfortable mais elle a vue sur la mer. Elle est délabrée et, en hiver, il pleut parfois à l'intérieur, mais elle est à deux pas de celle de ma grand-mère. Elle est beaucoup trop petite, mal décorée et triste, mais elle se trouve dans le plus beau pays du monde.

La perspective de ne plus jamais revoir ma grand-mère est une douleur qui pourrait se mesurer sur l'échelle de Richter.

Mon cœur est en mille morceaux et je suis sous les décombres.

Je n'ai jamais vécu sans elle. Je ne sais pas et ne veux pas vivre sans elle.

Je vais mourir de chagrin.

Je me sens si seule.

2014

Nonna

11 février

« J'ai démissionné !

— Vraiment ?

— Non, non, je mens. Juste, je trouvais ça cool de l'annoncer théâtralement en début de séance ! Mais oui, bien sûr que c'est vrai ! Je me sens libre ! Je n'en pouvais plus de ce boulot ! Chaque matin, je me levais avec la boule au ventre et je passais mes journées à me dire que ce n'était pas là ma place ! *Bye bye*, gros relou de directeur ; *bye bye*, le découvert de Mme Jourdin et les chéquiers perdus du monsieur qui sent mauvais ! Je revis !

— Votre blog génère un revenu suffisant pour que vous pussiez vous en sortir alors. C'est vraiment incroyable !

— Oui, enfin, c'est un poil moins bien que ce que je gagnais à la banque, mais désormais je vais aussi avoir plus de temps pour développer mon activité ! Je ne sais pas de quoi demain sera fait, mais je ne veux pas regretter de ne pas avoir essayé !

— Je suis d'accord avec vous !

— J'ai d'ailleurs fait une surprise à Adel. J'ai ouvert un compte Instagram regroupant ses plus jolis clichés, les couchers de soleil, les paysages, les portraits d'inconnus qu'il a pris au fil des ans. J'ai fait un peu de pub pour lui sur mes réseaux et j'ai déjà réussi à obtenir plus de 5 000 abonnés ! Je lui ai donc livré le tout “clé en main”, en quelque sorte, en lui expliquant que ça, c'était le futur, qu'il pouvait accomplir de jolies choses avec les réseaux sociaux et que ça pourrait peut-être, un jour, lui ouvrir des portes, lui apporter d'autres perspectives de travail. Il a toujours été un peu fermé face à ces nouveaux modes de communication. Il dit qu'il n'y comprend pas grand-chose, mais en voyant tous les commentaires sous ses photos, tous les compliments reçus, je crois qu'il a changé d'avis ! Je vais l'aider à apprivoiser tout ça. C'est aussi une façon de rejoindre nos deux univers.

— C'est une excellente idée ! Comment ça va avec lui ?

— Avec Adel, nous avons un pacte tacite : lui parle beaucoup trop et moi pas assez. Ça nous convient finalement. Mon mari est très sociable, les gens viennent naturellement vers lui, il adore faire la conversation. Le soir, il a besoin de me raconter sa journée, les petits tracas à son studio, les rencontres avec les clients, la comptabilité, tout ça. Moi, je suis toujours aussi peu à l'aise à l'oral. Il n'y a bien qu'ici que je parle autant. Je sais que, parfois, il aimerait que je m'exprime un peu plus. Il me dit qu'il se sent souvent perdu face à mes réactions, à mes peurs. Mais les mots restent coincés dans ma gorge. Je veux parler mais ça ne sort pas. Je n'y arrive pas. Alors, maintenant, lorsque j'ai vraiment besoin de vider mon cœur, je lui écris des SMS.

De trèèès longs SMS, auxquels il répond parfois par un simple OK, j'ai compris, mais, au moins, c'est dit. C'est notre façon de communiquer, elle n'est sûrement pas idéale ou parfaite, mais c'est la nôtre.

— Peu importe le moyen de communiquer, l'important, c'est de le faire. Sans cela, on laisse place à l'incompréhension, aux doutes, à la frustration. C'est ce qui brise les couples, très souvent. »

Je me dépêche de rentrer, c'est mon jour préféré de la semaine : celui où je skype avec ma grand-mère. Nous avons rendez-vous à 18 heures, tous les mardis, devant notre écran. C'est Elena, ma cousine, qui installe ma nonna dans la cuisine, avec son casque audio et micro.

Je ne remercierai jamais assez la technologie pour ces moments partagés. Elle a été la première à qui j'ai présenté Mia à la naissance. Mon mari avait tout préparé dans la chambre de la clinique pour que je puisse l'appeler. Elle parle un peu fort parce qu'elle pense qu'il faut crier pour que le son parvienne de l'Italie jusqu'à la France mais, à part ça, elle s'en sort très bien.

Nos conversations commencent souvent par : « *Ciao bella !* Dis, tu sais qui est mort ? » Ma nonna, c'est la rubrique nécro en personne.

« Luigi-le-chanceux, tu te souviens de lui ? »

Le surnom, c'est une tradition dans ma région, tout le monde en a un. Il y a trois façons de définir une personne.

Avec une particularité, comme ici : le vieux Luigi était surnommé « le chanceux » car il avait failli mourir dans un incendie très jeune et s'en était miraculeusement sorti indemne. Par son métier : Maria-du-bar, ou par sa filiation. Moi, je ne suis pas juste Anna en Italie, je suis Anna-la-fille-de-Giovanni-yeux-verts. C'est que ces yeux-là, par chez moi, on n'en croise pas très souvent. Donc, tout le monde sait qui est ce Giovanni, précisément.

Bon, là, je ne me souviens pas bien de Luigi-le-chanceux. Ma nonna m'explique alors pendant quinze minutes où il habitait, me dit que, lorsque j'étais petite, j'aimais monter dans son engin à trois roues, et qu'il était le mari de la sœur… et bla-bla-bla. J'adore l'écouter parler, je ne m'en lasse pas.

Parfois, je lui demande de m'apprendre une recette pour que j'essaie de la reproduire, alors elle s'agace : « Combien de fois je te l'ai montrée petite, tu as oublié ? » Et puis elle recommence patiemment les explications.

Lorsque je lui dis qu'en cuisine je rate tout, elle me rétorque que je n'y mets pas assez de cœur, que la cuisine, ce n'est pas juste avec les mains, que, sans les bons sentiments, on n'y arrive pas.

« Même avec les meilleurs ingrédients de la terre, sans amour, ça ne marche pas ! Et toi, de toute façon, t'as jamais trop aimé ça, tu préférais aller gribouiller tes cahiers, hein ! Mais ça ne donne pas à manger ça, les cahiers, *a nonna* ! »

Je rappelle à ma grand-mère que, même avec tout l'amour du monde, mes gnocchis ne seront jamais aussi bons que les siens, que ma sauce tomate du dimanche n'aura jamais la même odeur et que je suis sûre que c'est elle, l'ingrédient secret.

« Bella di nonna. »

Elle se permet cette unique note de tendresse, puis reprend le récit des derniers potins. Elle me met au courant de tout, depuis toujours. Grâce à elle, je suis incollable sur les dernières tromperies des voisins, sur les disputes avec ses sœurs et sur le fait que Michelina, celle d'en face, « n'est pas allée à la messe dimanche et qu'elle a laissé son linge dehors pendant deux jours, tu te rends compte ! Il n'y a plus qu'à tout relaver ! ».

Radici

14 mars

« Nous partons au Maroc demain soir pour les vacances de printemps. Adel a très envie d'y retourner. Nous n'y sommes pas allés depuis cinq ans. Sam était petit et Mia n'a pas encore goûté au bonheur marocain. Il était temps d'y remédier. L'avantage pour moi, maintenant, c'est que je peux travailler partout du moment que j'ai une connexion internet !

— Les voyages enrichissent et j'imagine combien votre mari doit avoir hâte de retrouver ses racines.

— Oui, pour moi, c'est toujours aussi difficile de quitter mon cocon rassurant. J'ai très envie de le faire et, en même temps, il y a ces peurs bien présentes qui me paralysent et m'empêchent de profiter pleinement.

— Qu'est-ce qui vous inquiète ?

— Oh, toujours les mêmes choses, à chaque départ, chaque déplacement. Peur de l'accident, peur que les enfants soient malades, peur de l'inconnu, tout simplement. J'ai un besoin permanent de maîtriser ou, du moins, de penser maîtriser la situation. Difficile de gérer quoi que ce soit lorsqu'on sort du train-train quotidien.

— C'est à force de repousser ces barrières rassurantes que vous avancerez et que vous laisserez vos angoisses derrière vous.

— Oui, mais quand ? Parce que ça commence à faire long, là, quand même. Faudrait pas que je finisse par mourir avant, emportée par le cancer du stress ! »

*

Après avoir passé quelques jours dans les environs de Rabat, à respirer l'océan, manger du poisson et des escargots grillés sur la plage, traîner dans la vieille ville et équiper toute la famille du maillot du Maroc – le *fake*, bien sûr, qui a bien plus de charme –, nous avons dormi deux nuits à Marrakech dans un riad en plein cœur de la médina.

Je ne suis pas hyper à l'aise dans les souks, trop de personnes dans ces trop petites ruelles, mais l'appel du shopping est plus fort. Des pashminas colorés, des babouches que je ne porterai pas mais que j'adore collectionner, des petites sculptures en bois.

Les enfants aiment ces vacances. Ici, tout le monde les traite comme des princes. Ils sont gâtés, choyés par la famille d'Adel, à qui on rend parfois visite, mais aussi par de parfaits inconnus.

Je vois rarement le visage de mon mari. Il vit derrière son objectif, mais j'arrive à percevoir son sourire heureux et ses traits reposés, et ça me suffit.

Aujourd'hui, il a décidé de nous faire une surprise. Il veut nous emmener dans un lieu incroyable et nous demande de nous préparer car nous allons avoir un peu de route.

Le paysage est sublime, aride, apaisant.

Les enfants somnolent à l'arrière, je finis par sombrer aussi.

Je me réveille alors que nous nous garons. Mon mari descend de la voiture. Un homme vient à notre rencontre. Ils échangent en arabe. Je comprends qu'il va nous servir de guide.

Nous marchons un peu. Mia est en écharpe sur le dos de son père et Samuel me tient fermement la main. J'entends un bruit, comme de l'eau qui coule.

« Il y a un fleuve ici ? »

Le guide sourit sans me répondre. Au bout d'un petit chemin, il nous annonce, fier :

« Et voilà pour vous, la Frônce ! »

D'un geste théâtral, il fait un pas de côté pour que nous puissions admirer la vue.

J'en ai le souffle coupé. Nous sommes au sommet des cascades d'Ouzoud, à environ 110 mètres de haut.

Les enfants crient d'émerveillement. Je n'arrive pas à décrire la joie sur le visage d'Adel. Quant à moi, je manque de m'évanouir tant ma peur du vide fait trembler mes jambes. Je suis heureuse d'apprendre que nous allons descendre tout en bas, où je me sentirai plus à l'aise et où je pourrai profiter de cet endroit spectaculaire.

C'est incroyable, ce mélange de grès rouge parsemé de vert. Des oliviers, des amandiers, des figuiers partout, et ce bruit si apaisant des chutes d'eau. C'est calme, brut. Même les restaurants sur le chemin s'intègrent parfaitement à cette oasis de paix.

« Maman, regarde le petit singe ! »

Un macaque en liberté nous fixe d'un air dubitatif.

Nous décidons de faire une pause et de boire un thé. Je comprends que la serveuse dit à quel point nos enfants sont beaux. Je l'aime déjà, elle a beaucoup de goût.

Mon mari m'embrasse sur le front.

« Ça va ? Tu aimes ?

— C'est magnifique, merci pour la surprise. Mais je retiens que tu as essayé de me tuer en me provoquant une crise cardiaque depuis le haut de cette falaise. Si tu ne veux plus de moi, il y a des façons plus simples d'y remédier, je te signale ! »

Il sourit et se ressert un thé. Ça faisait longtemps que je ne l'avais pas vu aussi apaisé. Je suis bien placée pour savoir combien nos racines nous ressourcent. Il était temps pour lui de replanter les siennes.

Soudain, je n'ai plus peur pour mes enfants. Être aimé et choyé par deux pays – trois même, dans notre cas –, se sentir à sa place dans chacun d'eux, être bercé par deux cultures, être élevé dans la connaissance de deux religions ainsi que dans le respect des valeurs et des traditions de chacune d'elles, ne peut pas être un handicap.

J'en suis désormais certaine : c'est une chance immense, un cadeau inestimable, une richesse incroyable. Je ne suis donc plus inquiète. Plus pour ça, tout du moins. Je suis, en fait, extrêmement heureuse pour eux.

Bugie

17 avril

« J'ai retrouvé un de mes devoirs de CM2, il était plié au milieu de vieilles photos que j'essayais de trier. Le sujet était : “Décris le rapport entre ton père et toi.”

— Lecture intéressante, non ? Vous viviez encore en Italie, c'est bien ça ?

— Oui.

— Avez-vous reparlé à votre père depuis vos dernières vacances dans votre village ?

— Non.

— Qu'aviez-vous écrit dans ce devoir, Anna ?

— Je dois dire que je l'avais totalement oublié. En le relisant, ça a été un véritable choc. C'est un parfait tissu de mensonges. La seule vérité que j'y ai trouvée, c'est le prénom de mon père et son métier, dans l'introduction. Tout ce qui suit est assez bien écrit, je dois l'avouer, tant dans le fond que dans la forme, mais c'est de la fiction. J'y raconte à quel point j'ai un papa aimant, qu'il travaille dur pour nous et qu'il a énormément de patience. J'ai beaucoup insisté sur ce point. Sur sa patience, malgré la fatigue. Je dis que la fête des Pères approche, que j'essaie de lui préparer une belle surprise avec l'aide de ma maman et de ma sœur, et que j'ai très hâte de lui offrir.

— Cette dernière partie aussi est un mensonge ? Vous n'offriez pas un petit poème ou un dessin à votre père à l'occasion de cette fête, comme tous les enfants ?

— Je ne sais pas, peut-être que si, je ne m'en souviens pas.

— Anna, avez-vous des souvenirs heureux avec votre père ?

— Non.

— Pensez-vous qu'ils ont quand même pu exister ?

— Peut-être... Mon cerveau aurait-il décidé de ne garder que les mauvais ?

— Ce n'est pas un choix, il subit les plus marquants, les plus douloureux, les plus choquants. Ils ont certainement été majoritaires dans votre enfance, c'est pourquoi vous ne retenez que ceux-là.

— Et serait-il possible que le cerveau de mon père, lui, ait choisi d'occulter tout cela, au contraire, pour continuer à vivre et à avancer, après avoir réalisé qu'il a perdu sa famille une nuit de juin, comme il perdait son argent aux cartes ? »

C'est dans la nuit du 23 juin 1994, alors que je dormais paisiblement aux côtés de ma nonna, que ma mère m'a réveillée pour m'informer qu'on devait vite partir. La raison officielle ? Sa mère, en France, allait mal, et elle devait se rendre à son chevet.

Encore à moitié endormie, je n'ai pas eu le temps de dire que je n'avais peut-être pas besoin d'y aller, moi aussi. En plus, il restait quelques jours d'école et je n'avais aucune envie de les rater. Alessandro, le fils du boucher, m'avait justement confié la veille qu'il voulait être mon amoureux et j'avais dit oui. Alors bon, j'avais d'autres priorités.

On monte tous dans la voiture. Giulia dort contre moi. Nos affaires ont été jetées à la hâte dans des sacs-poubelles.

Mon père roule en silence, ma mère a encore les yeux bouffis mais, cette fois, j'imagine que c'est normal, elle doit être inquiète pour sa mère à elle.

Ça nous fait un point commun, tiens.

Nous arrivons à la gare, il fait nuit noire. Mon père nous installe dans un train. Je comprends qu'il ne nous accompagne pas, ça nous fera des vacances.

Il nous embrasse, ma sœur et moi, chose qu'il ne fait jamais. Enfin, il embrassait Giulia lorsqu'elle était bébé, et moi aussi, je l'ai vu faire sur des photos, mais c'est fini depuis longtemps. À quel âge arrête-t-on d'embrasser ses enfants ? Ça doit varier d'une famille à l'autre, parce que les parents de Lia et Rita, eux, les embrassent toujours.

Les sièges de notre compartiment ne sont pas très confortables. En cuir marron, déchirés par endroits.

J'ai honte de nos sacs-poubelles. Les autres passagers doivent penser qu'on a oublié de jeter nos ordures avant de monter dans le train.

Le voilà qui démarre, d'ailleurs. J'ai un mauvais pressentiment et ne parviens pas à dormir. Lorsque je finis par céder, bercée par la mélodie des roues sur les rails, il fait presque jour.

Nous arrivons à Milan dans la matinée. Ma mère se renseigne auprès de plusieurs guichets, elle a l'air de plus en plus inquiète.

La gare est sublime sous sa coupole de verre, mais il y fait très chaud. Giulia s'impatiente, pleure. Elle veut courir partout.

J'ai faim, ma mère me donne un petit gâteau qu'elle sort de son sac.

Elle nous traîne près d'une cabine téléphonique, je l'entends parler en français, elle pleure.

Sa maman doit être vraiment très malade, j'ai de la peine pour elle.

Puis elle appelle mon père. Je comprends que le prochain train est dans dix heures. Elle lui hurle qu'elle n'a pas d'argent, même pour nous nourrir correctement, qu'il fait chaud et qu'on est coincées ici.

Elle ajoute que tout ça est sa faute à lui.

Comme je ne vois pas bien en quoi cela peut être sa faute cette fois, je décide d'ignorer cette information.

Les dix heures passées sur le quai de cette gare sont certainement les plus longues de ma vie. C'est peut-être à ce moment-là qu'est apparu l'un de mes tocs, celui de tout compter pour ne pas réfléchir. En effet, pour passer le temps, j'ai commencé à compter les chewing-gums collés au sol, puis les passagers descendant d'un train, les contrôleurs, les valises noires, les larmes de ma mère, les caprices de ma sœur, les gargouillis de mon ventre.

J'ai tout compté, tout ce qui était quantifiable.

Cela m'a aidée un peu et, encore aujourd'hui, cela me permet d'apaiser mes angoisses.

Nous montons dans le train en fin de journée. Ma mère me dit que nous arriverons en France le lendemain matin et que, si je dors, le voyage passera plus vite. Je m'allonge tant bien que mal sur le siège inconfortable. Le bruit de mon ventre couvre celui du train.

Je ne sais pas encore qu'il n'y a pas de billet retour, pas de grand-mère malade.

Je ne réalise pas encore combien les adultes sont des menteurs, des lâches, que mon père nous a, en fait, mis à la porte, emporté par une colère dont je préfère, même aujourd'hui, ignorer la cause et dont il ne mesurait absolument pas les conséquences.

Quelques mois plus tard, pris de remords et accablé par sa solitude, il essaiera de nous récupérer. Mais, cette fois-ci, ma mère fera le choix de ne plus revenir en enfer.

Provare

10 juin

« J'applique de plus en plus vos conseils. Vous allez être fière de moi : j'essaie de surmonter mes peurs une à une, d'y aller doucement, de repousser centimètre par centimètre les barrières qui m'encerclent.

— C'est une très bonne nouvelle, Anna ! Je suis effectivement fière de vous et je suis persuadée, depuis toujours, que vous avez la force nécessaire pour avancer.

— Hier, j'ai donc emprunté l'autoroute. Oh, pas grand-chose, deux kilomètres.

— C'est déjà énorme ! Comment ça s'est passé ?

— Oh, bien, si on omet évidemment le fait que, prise de panique au bout de 500 mètres environ, j'ai dû me mettre sur la bande d'arrêt d'urgence et m'allonger sur le siège arrière pour pleurer en attendant que les pompiers viennent à mon secours…

— Mince… Je suis désolée, Anna.

— Oui, moi aussi. Sans parler du fait que j'ai passé mon après-midi aux urgences, à leur expliquer que je n'avais rien ; que, oui, ça m'arrive souvent ; que, non, je n'avais plus mal nulle part ; que, oui, j'avais eu peur de mourir mais que c'est régulier et qu'il faut se rendre à l'évidence, je n'y suis toujours pas passée, tout en les suppliant de me laisser m'en aller car le McDo que j'étais allée chercher était fichu à jamais, gisait sur le siège avant de ma voiture et l'imprégnait d'une odeur de frites pour les cinq prochaines années.

— Allez-vous trouver la force de réessayer ? Anna, je crois qu'il le faut. Comme après une chute à cheval, il faut remonter en selle directement.

— Écoutez, je me fous de vos histoires de cheval, de selle, il n'y en a même pas dans une voiture en plus ! Je ne veux plus jamais, JAMAIS, rouler sur l'autoroute. »

J'ai décidé de me mettre au sport. D'après le *Grazia* du mois dernier, c'est LE truc contre le stress, les nuits pourries, la graisse qui s'accumule.

Selon leurs dires, le sport est la réponse à tout, le remède miracle par excellence. Je ne comprends toujours pas pourquoi le conflit israélo-palestinien n'a pas été réglé à coups de sessions de running.

Comme je ne sais pas courir, je marche. Au moins quarante-cinq minutes par jour, et c'est vrai que ça me fait du bien. J'ai aussi testé le yoga, grâce à des vidéos YouTube.

Les salles de sport, ce n'est vraiment pas mon truc. Déjà, il y a d'autres personnes et, bon, ce n'est pas que je n'aime pas les gens, mais moins j'en vois, mieux je me porte. D'ailleurs, Internet, c'est vraiment l'idéal pour moi : échanger avec autant de personnes sans bouger de mon canapé et sans devoir subir leur regard ou, pire, leurs attouchements.

Mais, bordel, quel est le problème de ceux qui touchent les autres en parlant ? Pourquoi font-ils ça ?

Quand je me retrouve dans une conversation avec quelqu'un de tactile, je n'écoute pas un traître mot de ce qu'il me raconte. Toute mon attention est focalisée sur sa main, qui tapote mon bras, et j'imagine mille et une façons de lui arracher et de le frapper avec.

Je fais donc du sport, seule.

Mais, là, j'ai voulu embarquer Agathe et Joh dans ma séance.

Il fait beau, elles sont toutes les deux en congé cette semaine, c'est le moment idéal pour une petite virée au parc.

Mon programme est simple : trente minutes de marche et quinze minutes de cardio.

Je fais du HIIT. Ce sont des exercices à intervalles permettant de brûler un maximum de calories en un minimum de temps. C'est rapide, très efficace et ça ne requiert pas d'équipement. Parfait pour moi. J'adore, et ça me défoule.

Nous arrivons au parc. Le secret, c'est d'y aller pendant les heures de classe pour ne surtout pas y croiser des enfants et des mamans. On n'aime pas les gens, on a dit.

La première demi-heure se déroule bien, Joh est un peu essoufflée mais tient le coup.

C'est là que je leur annonce la deuxième partie.

« C'est quoi ton truc, là ? », dit l'une.

« Putain, je le savais que c'était un piège », lâche l'autre, le regard noir.

Je fais mine de les ignorer et je lance la vidéo YouTube, censée nous montrer les mouvements.

Au bout d'une minute

Agathe : Oh, pour l'instant, ça va !

Moi : Tu vois.

1 min 10

Joh : J'ai mal aux poumons.

Moi : Ah, bah bravo, madame ! Ça, c'est la clope, je te signale !

2 minutes

Agathe : C'est super long trente secondes.

Moi : Mais non, allez, expire sur l'effort. Voilààààà.

2 min 30

Agathe : Rappelle-moi de te rayer de ma vie. Bordel, je crois que Joh fait un AVC !

3 minutes

Joh : Je… Je… Vaaais… Te… TUER.

Moi : Tu vois ! Tu n'expires pas assez, tu t'énerves.

5 minutes

Agathe : HHHHH… HHHHH… HHHHHH…

Moi : SUPER ! ALLEZ, ON A PRESQUE FAIT LA MOITIÉ.

5 min 01

Agathe : FERME TA GUEULE ! FEEEERME-LA, TA GUEULE !

Moi : Tu es tendue, un poil chafouine, le sport te fera grand bien.

(Là, elle tente de me frapper au visage mais, comme elle n'a plus de force, j'esquive facilement.)

7 minutes

Agathe : Non mais je n'y arrive pas, là. Mes jambes ne répondent plus. Regarde, elles tremblent ! Elles sont en mode vibreur !

8 minutes

Agathe *(qui garde son sens de la repartie malgré la douleur)* : On dirait qu'elles dansent sur du raï, ça swingue ! Je crois que Joh est morte.

8 min 30

Agathe : Tu es Monica dans l'épisode où elle veut coacher Chandler !

Moi : Ah, ah, oui !

Agathe : Rappelle-toi les méchancetés que Chandler doit lui dire pour qu'elle cesse. Ne m'oblige pas à en faire autant.

8 min 45

Moi à Joh : C'est bizarre, ton visage passe du rouge vif au blanc mort.

9 minutes

Toujours moi : Ah, tu reprends des couleurs normales de personne en vie, tu vas y arriver ! C'est génial ! On se refait ça demain ?

(Agathe tente de ramasser un bâton et de me le balancer. Joh rassemble ses dernières forces pour me tendre son majeur. Je comprends que c'est une forme de non.)

10 minutes

Agathe : AH PUTAIN, ah putain, je vais crever ! Mais comment je vais faire pour marcher jusqu'à la voiture ? Pour monter les escaliers chez moi ? Pour m'occuper de mes enfants ? J'AI UNE VIE, MOI, TU SAIS, ET, LÀ, JE N'AI PLUS DE JAMBES ! C'EST QUAND MÊME PRATIQUE DES JAMBES ET, À CAUSE DE TOI, JE P… *(Téléphone qui sonne.)* MAMAAAAAN ?! MAMAAAN, ANNA, ELLE M'A FAIT MAAAAAL.

Après avoir appelé les secours, qui ont héliporté Joh vers l'hôpital le plus proche, nous regagnons la voiture.

La séance d'abdos due aux fous rires n'était pas prévue, mais elle m'a fait le plus grand bien.

Mare

11 juillet

« La connexion n'est pas très bonne… Je suis chez ma nonna et tente de pirater le wifi de mon père.

— Comment se passent vos vacances ?

— Bien, les enfants sont tout bronzés. Sam passe son temps à la cuisine avec ma grand-mère qui lui dit qu'il apprend très vite, contrairement à moi.

— Et avec votre père ?

— On s'est croisés. Il est venu embrasser les enfants et saluer mon mari. Il a essayé de me parler, mais j'ai changé de pièce. Je n'ai pas envie qu'il me gâche mes vacances.

— Vous allez lui laisser une chance de s'excuser ?

— Ah, parce que vous croyez qu'il va s'excuser ? Mon père n'est pas le genre d'homme à reconnaître ses torts. Il a une fierté démesurée, plus importante que tout le reste à ses yeux. Il ne se rabaissera jamais à avouer qu'il s'est trompé. Et si, par miracle, un jour, il décidait de faire le tour de tout ce qui nécessite des excuses de sa part, il lui faudrait des mois pour ériger la liste complète. Je n'ai pas autant de temps à perdre.

— Cela aiderait peut-être la petite fille qui est en vous. Et puis les gens changent parfois. Vous avez beau affirmer le contraire, mais ne plus avoir de ses nouvelles vous fait du mal. Écoutez ce qu'il a à vous dire. Il n'y a pas de honte à aimer un père qui vous a fait énormément souffrir, Anna. Il n'y a pas de honte à espérer avoir, un jour, une relation plus apaisée. Vous avez le droit de ressentir des sentiments totalement contradictoires pour une seule et même personne. »

Nous avons passé la matinée à la plage. Avec les enfants, nous avons ramassé des cailloux colorés au bord de l'eau. C'était mon activité préférée, petite.

Nous y allions de juin à septembre, presque tous les jours, grâce à ma tante qui nous embarquait dans sa vieille Fiat 126 bleue. Giulia, moi et ses deux enfants, Elena *e* Gennaro.

Parfois, ma mère se joignait à nous. Quand j'y pense, ni l'une ni l'autre ne savait nager. C'est sûrement pour ça que nous avons toujours été extrêmement prudents : on avait compris qu'on ne pourrait pas compter sur elles une fois dans l'eau. J'étais la plus grande, je veillais sur ma sœur et mes cousins.

Nos mères discutaient sous le parasol, nous appelaient toutes les demi-heures pour qu'on se sèche et qu'on mange. Nous restions environ cinq heures à la plage et on avait droit à trois repas.

Le petit déjeuner en arrivant : un *cornetto* – en Italie les croissants sont fourrés à la confiture, certainement pour punir la France d'oser appeler « carbonara » des pâtes trop cuites à la crème et aux lardons – ou *una zeppola*, une espèce de beignet frit enrobé de sucre, puis la *merenda*, le goûter, carrément un sandwich, au Nutella pour les plus fragiles d'entre nous (moi) ou à la *mortadella* pour les téméraires – ceux à qui la charcuterie ne fait pas peur, même en plein milieu de matinée.

À 10 heures, on avait déjà avalé l'équivalent de 1 300 calories. Avant de repartir à la maison, c'était le « vrai » repas, parce que les deux précédents, c'était de la rigolade. Et, là, tout y était : la salade de riz, les beignets de pomme de terre, le saucisson *i bocconcini*, la tourte salée. Les légumes, très peu pour nous, ou alors frits. Faudrait pas qu'on puisse reconnaître le goût, tout de même.

On passait plus de temps à manger qu'à profiter de la plage.

Moi qui picorais comme un moineau, je me faisais sans cesse disputer. Je ne mangeais pas assez. J'étais trop maigre : les gens allaient croire que j'étais malade ! Ah, là, là… Les gens. Ce que vont penser les gens, ce que vont dire les gens. C'est sûrement pour ça qu'aujourd'hui je ne les aime pas. Parce que, merde, j'ai dû vivre en fonction d'eux et de leurs avis toute mon enfance !

Après avoir ingurgité toute cette bouffe, on avait interdiction de remettre un pied dans l'eau. Il fallait attendre de digérer selon la croyance, erronée, qu'on risque la noyade si on se baigne juste après un repas. S'il est, en effet, déconseillé de nager sur une très longue distance en pleine digestion, patauger au bord de l'eau comme des enfants de notre âge ne présente aucun risque.

Mais ça, nos mammas ne le savaient pas.

Alors on patientait, on bâtissait des châteaux si le sable n'était pas trop brûlant, on s'allongeait au soleil, et, petit à petit, on grappillait les centimètres qui nous séparaient de la mer jusqu'à, l'air de rien, y plonger entièrement.

J'adorais l'été. La sensation du sel sur ma peau, la voir changer de couleur. J'aimais sentir le soleil sur mon corps, j'avais l'impression qu'il me remplissait d'énergie. Je ressens la même chose aujourd'hui. Encore plus fort, car je sais que je n'ai que quelques jours maintenant pour savourer.

Alors je sur veille les enfants, assise au bord de l'eau, pendant que mon mari s'octroie une petite sieste à l'ombre. Je les appelle toutes les demi-heures pour manger quelque chose et puis je leur dis d'attendre un peu avant de retourner à l'eau.

Il paraît que c'est dangereux de se baigner en pleine digestion.

Croce

5 août

« Les vacances vous réussissent ! Vous êtes radieuse, Anna !

— Je vous retourne le compliment, ma psy préférée !

— Vous en avez plusieurs ?

— Non mais si c'était le cas, c'est vous que je préférerais, c'est certain !

— Je suis flattée ! Comment allez-vous ?

— Bien. Figurez-vous qu'à peine rentrés d'Italie, nous allons repartir ! L'un de mes amis d'enfance se marie. Nous sommes toujours restés très proches. Au début, on s'écrivait des lettres et puis, maintenant, avec les réseaux sociaux, il est plus simple de garder contact. Chaque fois que nous allons en vacances, nous nous retrouvons, Mario, ma petite famille et aussi d'autres anciens camarades de classe. Mario parle français, ce qui facilite les échanges avec Adel. Ils s'apprécient beaucoup. C'est d'ailleurs mon mari qui s'occupera des photos et Mia qui apportera les alliances ! Nous partons juste quelques jours, mais je suis tellement heureuse d'être présente pour son grand jour. Lorsque je me suis mariée, il avait fait le déplacement, lui aussi. Contrairement à mon père, par exemple.

— Votre père n'était pas présent à votre mariage, Anna ?

— Non, je ne vous l'avais jamais dit ?

— Non. Et vous l'aviez invité ?

— Oui.

— Pourquoi n'est-il pas venu ?

— Officiellement, il avait un bras cassé. C'est bien connu, ça empêche de prendre l'avion, ce genre de handicap… Officieusement, d'après ma tante, il avait une maladie bien plus grave, qui ronge de l'intérieur et qui tue à petit feu : la honte. »

*

Nous atterrissons à Naples par 40 degrés. Si on reste en plein soleil, on sera à point en dix minutes. La cérémonie se déroule à Positano, l'une des plus jolies villes de la côte amalfitaine. Tout le village est perché sur une falaise. À ses pieds, les plages de galets et l'eau turquoise semblent avoir été peintes à la main.

Nous avons pris un petit hôtel pour deux nuits et loué une Fiat 500 pour ce périple. Le cliché est parfait. Mon mari râle car son 1,85 mètre a du mal à entrer dans le petit habitacle, ses genoux touchent le volant. Cette voiture est certes typique mais pas du tout pratique.

La route pour rejoindre l'hôtel est à couper le souffle. La seule qui longe toute la côte. Il faut trente minutes pour parcourir 15 kilomètres. Il y a énormément de virages, les montagnes d'un côté et l'immensité de la Méditerranée de l'autre. On en prend plein les yeux.

Nous arrivons vers 17 heures, mon heure préférée, celle où le soleil habille l'eau d'une robe scintillante. C'est éblouissant, aux sens propre et figuré.

Notre chambre a vue sur la mer et les citronniers. Ils me rappellent celui qui est planté dans le jardin de la maison de mon enfance. J'aimais m'y abriter du soleil, cueillir ses citrons plus gros que des oranges pour que ma nonna en fasse des limonades bien fraîches.

Les enfants sont surexcités, Adel aussi. C'est son premier mariage italien et il ne pouvait rêver meilleur cadre.

Il pense que je blague lorsque je lui explique qu'il devra garder la veste de son costume tout le long de la cérémonie ainsi que toute la soirée. Lorsqu'il comprend que ce n'est pas une plaisanterie, mais une règle non négociable que respectent tous les hommes invités, peu importe la température, il perd son joli sourire.

« Mais il fait 40 degrés dehors ! Ce n'est pas humain ! On va mourir, c'est ça ? On va tous mourir ! »

Je suis bien contente d'être une femme sur ce coup-là. J'enfile ma jolie robe dos nu. J'ai la pression, moi aussi. Ici, on ne rigole pas avec ce genre d'événement. Les Italiennes sont chics en toute occasion, même en allant faire les courses, mais, lorsqu'il s'agit de mariage, elles ne plaisantent plus du tout. J'ai déniché ma tenue chez Zara, que j'ai payée 39,90 euros : c'était l'hôtel avec vue sur la mer ou la robe de créateur. Et puis ma tante, qui est une femme très élégante, m'a toujours dit que ce n'est pas le prix qui fait la beauté d'un vêtement, mais la façon de le porter.

J'ai tout donné : bronzage, maquillage léger mais lumineux, cheveux légèrement relevés et, juste au cas où ma tante aurait tort, j'ai acheté une paire de sandales colorées Alberto Moretti qui m'ont coûté un rein et demi (et l'absence de climatisation dans la chambre) mais qui sont tout simplement divines.

Chacun sa croix : la chaleur pour mon mari, les petites rues pavées pour moi.

L'église de Santa Maria Assunta est sublime. Bien qu'elle nous offre une certaine fraîcheur, les éventails s'agitent pendant toute la cérémonie.

Mia joue son rôle à la perfection, son grand frère est très fier, son papa prend 187 photos par seconde dès que son bébé rentre en scène. Elle arbore sa plus belle coupe afro, et sa peau et ses grands yeux noirs contrastent avec sa jolie robe blanche. Elle est magnifique. Mon petit homme porte son plus beau nœud papillon, assorti à celui de son père.

Je suis émue de les voir ici, au mariage de mon meilleur ami. Ça me paraît irréel. Tout le chemin parcouru depuis les bancs d'école, depuis nos secrets d'enfant.

Quelqu'un s'assoit à côté de moi alors que les chœurs entament un Ave Maria qui dresse les poils. Un homme élégant, au sourire timide et au regard fuyant : « Vous êtes beaux tous les quatre, je ne voulais pas rater ça. » Mon père regarde devant lui, je ne sais pas s'il est venu demander pardon à Dieu ou à moi.

À un mariage italien, on ne mange pas, non, on tente de survivre à la nourriture.

Si après avoir goûté toutes les entrées, englouti les trois plats de pâtes, le risotto, la viande, les deux poissons et, bien sûr, les desserts et la pièce montée, on peut toujours respirer plus ou moins correctement, c'est bon signe.

La soirée est géniale. Des musiciens font le tour des tables. Avec les mariés et nos copains d'enfance, on chante à tue-tête : *O sole mio*, *O surdat nnammurat*, *Comm facett mammt*.

Tout le monde est heureux, l'ambiance est légère, pas comme nos estomacs. Et on remercie tous la climatisation du restaurant sans laquelle tout cela n'aurait pas été possible.

Nous regagnons notre hôtel à 3 heures du matin. Les enfants dorment depuis longtemps, ni le trajet en voiture ni le déshabillage n'ont eu raison de leur sommeil.

Nous savourons encore un peu le clair de lune depuis le balcon.

Mon mari me glisse à l'oreille qu'il a de la chance d'avoir épousé la plus belle des Italiennes. C'est fou ce que l'abus de limoncello peut faire dire comme conneries. Et c'est fou ce qu'il peut rendre naïve, parce qu'à ce moment précis, sur ce balcon et dans ses bras, j'y crois.

Je me sens forte et belle. Monica Bellucci peut aller se resaper.

Perdono

20 octobre

« Ma mère a voulu qu'on parle hier, l'angoisse. Je n'étais pas hyper à l'aise, vous imaginez. Et puis elle annonce ça toujours de façon très théâtrale. Que ce soit pour me dire qu'elle a trouvé des rideaux en promo à Ikea ou pour m'apprendre que son père va bientôt mourir. Son "Il faut que je te parle" est toujours très solennel.

— Votre grand-père va bientôt mourir ?

— Non.

— C'est ce que vous venez de dire, Anna.

— Pas du tout, j'ai dit que le père de ma mère allait mourir.

— Ah, je vois. Cela ne vous touche pas ?

— Je suis triste pour ma mère.

— Vous n'avez pas eu de bons rapports avec vos grands-parents maternels ?

— Je n'en ai pas eu du tout, et je ne leur en veux pas. Ce n'était pas leur faute. Nous avons vécu très loin et, à notre arrivée ici, ils étaient comme des étrangers pour moi. On ne devient pas papy ou mamie du jour au lendemain. La relation avec mes grands-parents paternels a toujours été si intense qu'il n'y avait pas de place pour d'autres. Et puis j'aurais eu l'impression de les trahir en les remplaçant avec la version française. Donc, oui, cet homme va mourir et c'est triste, mais mon grand-père, mon nonno, je l'ai déjà pleuré il y a des années. Aujourd'hui, je ne me sens pas concernée par ce chagrin.

— Et de quoi voulait-elle vous parler cette fois ?

— Il y a un mois environ, elle a reçu un coup de fil de mon père. Elle m'a dit qu'ils ont discuté très longtemps et qu'il souhaitait la voir quelques jours plus tard, si elle était d'accord. Il a fait l'aller-retour en avion pour lui demander pardon. Elle a attendu avant de m'en parler, parce qu'il lui fallait du temps pour réfléchir. Elle m'a annoncé vouloir le lui accorder. Pour réussir à avoir une relation apaisée avec lui. Pour Giulia, moi et leurs petits-enfants. Et puis pour avancer aussi. Ils n'ont jamais refait leur vie. Ils avaient peut-être besoin de fermer la porte du passé avant de l'ouvrir à quelqu'un d'autre.

— Que ressentez-vous ?

— Je ne sais pas du tout. Je l'ai vue sereine. Je crois qu'elle attendait ce moment depuis longtemps. Alors je suis heureuse pour elle.

— Donc, vous êtes triste pour votre mère en ce qui concerne son père et vous êtes heureuse pour votre mère en ce qui concerne le vôtre. Très bien mais vos émotions personnelles peuvent être abordées, ou bien vous êtes désolée pour moi, mais, non, ce sera pour une prochaine fois ?

— D'accord… Je crois que je suis soulagée. Si elle a réussi à se libérer de son passé, peut-être que moi aussi. »

J'ai une séance de dédicace ce soir. Le blog fêtera bientôt ses 3 ans, et deux livres ont déjà été publiés. Pour l'occasion, mon éditrice a organisé une soirée dans un bar, pour que je puisse rencontrer mes lectrices. Ce n'est pas la première fois que je me plie à ce genre d'exercice mais c'est toujours aussi compliqué pour moi. Je ne suis vraiment pas à l'aise en société, et d'autant moins avec des inconnus. J'ai toujours peur qu'on me trouve stupide, pas marrante et beaucoup plus moche que sur les selfies Instagram.

La vie sans filtre est plus difficile à assumer.

Pourtant, ces femmes que je rencontre sont bienveillantes et je finis assez rapidement par me décontracter, mais le « avant » est toujours compliqué.

Mes amies seront là : Joh et Agathe bien sûr, mais aussi Samia, Alex, Marianne et Marjo. Il y aura aussi Eva, avec qui les rapports ont toujours été un peu conflictuels mais qui est présente à chaque moment important de ma vie. Nous engueuler et nous réconcilier fait partie d'une sorte de rituel entre nous ; rituel qui dure depuis vingt ans.

Je suis déjà beaucoup plus détendue après deux mojitos. Je rencontre des femmes drôles, touchantes, fortes. J'essaie de puiser en chacune d'elles un petit quelque chose. Je fais une sorte de tableau Pinterest mental où j'accroche les qualités de chacune. Ça donne un immense mur *feel good*, parfaite source d'inspiration.

Je rentre tard. Dans la voiture, deux femmes sur trois ont trop bu – je fais partie de la majorité. Agathe conduit, elle est sobre de naissance.

Je lance mon *flow* Deezer. On passe de Dalida à NTM, de Rohff à Aznavour et de Jovanotti à Ophélie

Winter. Si Dieu m'a donné la foi, il m'a aussi donné des goûts musicaux assez atypiques.

On chante à tue-tête. Agathe dit qu'on pue de la gueule, je lui réponds que c'est sûrement les pâtes *aglio e olio* que j'ai mangées ce midi. Elle m'assure que c'est l'alcool et que, franchement, elle préférerait l'ail.

J'enlève mes escarpins devant la porte. Il est tard et tout le monde dort déjà.

Comme toute personne bourrée qui se respecte, je prends mon téléphone pour envoyer le message que je regretterai le lendemain.

Sauf que je n'ai pas d'ex, enfin pas depuis longtemps, que je n'ai pas leur numéro de téléphone – c'est ça de rencontrer son mari à l'adolescence, on n'avait même pas de portable à l'époque ! –, ni une quelconque envie de les insulter ou de les revoir, d'ailleurs.

Alors c'est à mon père que j'écris. Bien sûr.

Œdipe doit se frotter les mains.

Et, à moi, c'est quand que tu demandes pardon ?

Puis c'est le trou noir.

Lettera

21 octobre

« Merci d'avoir accepté ce rendez-vous Skype.

— De rien, Anna. Que se passe-t-il ?

— J'ai reçu un SMS de mon père ce matin. Il me parle d'une lettre que j'aurais dû avoir au mariage de mon ami Mario. Il me dit qu'il a profité d'un moment où j'étais occupée avec Mia à l'église pour la glisser dans ma pochette. La pochette que je portais ce jour-là était vide, elle ne pouvait même pas contenir mon téléphone. Vous savez, ce sont ces petites choses qui sont là juste pour compléter la tenue, mais qui ne servent à rien. Alors je ne l'ai pour ainsi dire jamais ouverte.

— Pensez-vous qu'elle puisse contenir la lettre ? Et que vous ne vous soyez aperçue de rien ?

— On va vite le découvrir, je vais l'ouvrir devant vous.

— Anna, pourquoi avez-vous besoin de moi pour ça ?

— Parce que si elle y est, je ne veux pas la lire, et que j'aurais donc besoin de discuter avec vous du pourquoi.

— Très bien… Alors ?

— Alors on va devoir discuter. »

Lizy dit que je dois la lire quand je serai prête. Le serai-je un jour ?

Je tourne en rond dans ma cuisine. Je commence à tout ranger, à nettoyer les placards.

C'est vraiment mauvais signe.

Au bout d'une heure, tout est sens dessus dessous. Je regrette soudainement cet élan ménager. Pourquoi ai-je toujours des idées de merde ?

Je sens une crise d'angoisse arriver. Il faut vite que je compte des trucs.

J'attrape un paquet de spaghetti, Garofalo, les meilleurs, et, assise par terre au milieu de ce bazar, je me concentre pour les comptabiliser.

J'en suis à 72 lorsque Adel rentre et me trouve comme ça, au sol, avec mes spaghetti. Il s'empare du paquet, me prend dans ses bras et m'allonge sur le canapé. Mon mari sait quand il faut agir sans poser de questions. Il me dit qu'il va me faire couler un bain, que les enfants dorment chez sa mère ce soir et qu'on pourra sortir au restaurant si j'en ai envie ou rester là, devant un bon film.

L'eau est brûlante, ça me fait du bien. J'ai attrapé un livre reçu en service de presse il y a quelque temps : *Le Premier Jour du reste de ma vie* de Virginie Grimaldi. Le premier roman d'une blogueuse que j'aime beaucoup. Son humour et sa sensibilité me touchent, j'espère les retrouver dans cet ouvrage.

Deux heures et 23 ajouts d'eau chaude plus tard, je le referme le sourire aux lèvres, attrape mon téléphone et décide de lui envoyer un message via sa page Facebook.

En sortant du bain, je retrouve mon mari endormi. Je décide alors de lire la lettre de mon père.

Je ne le sais pas encore mais cette soirée signera le début d'une grande amitié et du premier jour du reste de ma vie.

Papà

3 novembre

« La lettre était assez longue, un peu brouillonne. Mon père m'a d'abord dit à quel point il était fier de moi, fier que je sois devenue une femme forte et indépendante. Ça commençait assez mal. C'est plutôt sympa de sa part mais je ne suis ni l'une ni l'autre. La preuve, s'il en fallait une, qu'il ne me connaît pas du tout.

— Pourquoi dites-vous ça ?

— Parce que je ne me considère pas forte pour un sou et que, si je peux éventuellement être indépendante financièrement, je ne le suis pas du tout affectivement. Adel est le pilier de ma vie. Sans lui, tout s'écroule. Il est le rocher solide en pleine tempête auquel je m'accroche pour ne pas me noyer. Il me rassure quand j'ai peur, relativise quand je panique. Il n'y a que dans ses yeux que je me sens importante. Je sais qu'il m'aime alors qu'il n'y est pas obligé, voyez. Parfois, j'imagine qu'il me quitte, et cela serait pire que tout, pire que la mort.

— Anna vous êtes forte : vous avez survécu à une enfance difficile, vous êtes devenue quelqu'un de bien.

Ce n'est pas facile de ne pas reproduire ce qu'on a vécu. Vous n'avez pas baissé les bras face à une nouvelle grossesse malgré toutes vos peurs et la fin chaotique de la première. Vous avez construit un couple sain et solide dans lequel Adel vous apporte énormément mais où vous devez lui apporter tout autant. Pensez-vous que votre mari vous subit ? Pourquoi s'infligerait-il une vie où il ne ferait que donner sans jamais recevoir ? Croyez-vous que vous ne le rendez pas heureux, vous aussi ? Que vous n'êtes pas son rocher en pleine tempête, son pilier, rassurant et solide ?

— Je ne sais pas. Mon père m'a demandé pardon. Il s'est excusé pour ce qu'il nous a fait subir, à Giulia et moi. Il sait que le handicap de Giulia et le fait d'être plus petite que moi ont joué en sa faveur : aujourd'hui, elle n'a pas – ou ne veut pas avoir – de haine envers lui. Et que, moi, je n'ai pas la bulle de l'autisme où me réfugier quand ça va mal. Pas de grande sœur pour me protéger des cris de mes parents. Il m'écrit qu'il a parlé à ma mère, me dit que son pardon est primordial à ses yeux. Il me dit qu'il l'aimait et qu'il sait aujourd'hui qu'il n'aimera jamais autant. Il a arrêté de jouer aux cartes le jour où on est parties. Il a aussi arrêté de fumer et de frapper plus faible que lui. Il m'a dit qu'il a parfois voulu mourir, mais qu'il est trop lâche pour ça. Il a conscience d'être passé à côté de l'amour de sa vie, à côté de l'éducation de ses filles, à côté de sa famille. Il m'écrit que sa prison, c'est la maison sans nous. Sa solitude, c'est la peine à payer pour avoir été un monstre.

— Cette lettre a dû vous bouleverser.

— Je repense à la petite Anna. Elle était forte, elle. Elle tenait bon. J'ai envie de la prendre dans mes bras.

J'ai envie de lui dire que son papa a enfin compris, qu'elle n'a plus besoin d'avoir peur, qu'il n'y aura plus de coups. Je n'ai pas une grande estime de moi-même mais, l'autre jour, quand Samuel a sorti "putain de bordel" à table, j'ai fait les gros yeux et levé la main, pour rire, comme si j'allais lui mettre une fessée. Il l'a regardée et m'a dit : "Tu veux faire les marionnettes ?" Il n'a aucune idée de ce que ce geste peut aussi signifier. Il n'a pas enfoui sa tête sous son bras. Il n'a pas mis les mains en avant pour protéger son visage. Mon fils n'a aucune idée de ce que cela veut dire : être frappé par quelqu'un qu'on aime. Alors j'ai dû rater énormément de choses dans la vie, mais j'ai au moins réussi ça.

— C'est une très grande et belle victoire, Anna.

— Un jour, peut-être, j'écrirai un roman. Parce que, dans les romans, on fait ce qu'on veut avec les personnages. On peut faire vivre ceux qui ne sont plus. On peut obliger ceux qui nous ont blessés à demander pardon. On peut même décider de mesurer un 1,75 mètre et de ne pas avoir de cellulite. Ouais, j'écrirai un roman, j'y ferai mourir mon père, l'ancien, pour laisser toute la place au nouveau. La petite Anna pourra alors faire le deuil de ce qu'il n'a pas été et, peut être, apprendre à connaître et à aimer ce qu'il est devenu. »

Je ne me sens pas très bien. Je dois couver quelque chose, sans doute un nouveau cancer.

L'autre jour, j'étais persuadée d'avoir un mélanome. Un grain de beauté étrange était tout à coup apparu sur mon bras. C'est lorsqu'il a séché et qu'il est tombé, parce qu'il n'était en fait qu'un bout de chocolat, que j'ai réalisé que j'étais une miraculée.

Ce soir, Adel a acheté des kebabs, parfait : pas de cuisine, pas de vaisselle.

Sam nous raconte sa journée. Ils vont commencer les séances de piscine à l'école. J'hyperventile.

Mia ne mange que le pain, un vrai moineau celle-ci, je me demande de qui elle tient.

J'ai froid, pas comme d'habitude, non, plus encore.

Je dois vraiment couver un truc. J'ai entendu à la radio que la grippe faisait son grand retour.

Je ne l'ai jamais eue. Ce serait toujours « moins pire » qu'un cancer, non ?

La fièvre m'empêche de dormir. Je décide de parler de mon agonie sur ma page Facebook en temps réel. Histoire de laisser une trace avant de mourir.

Point grippe, 1 h 43 : je veux ma maman !

2 h 15 : je souffre, et j'ai tellement envie de me plaindre que je me demande si je ne suis pas devenue un homme.

2 h 20 : ça y est, je suis dans l'au-delà, il y fait très chaud (40 degrés). Ça ne doit pas être bon signe, j'ai dû merder quelque part.

2 h 32 : j'ai testé pas mal de trucs mais, vraiment, la grippe, je vous déconseille.

2 h 41 : continuez sans moi, je vais vous ralentir.

2 h 57 : Dieu ? C'est toi ?

2 h 58 : au temps pour moi, c'était mon mari avec de l'eau.

2 h 58 : j'ai eu peur, j'ai cru que Dieu était un Arabe. Imaginez le bordel.

3 h 01 : « Tu es vachement chaude !

— Franchement, ce n'est pas le moment, mec. »

3 h 02 : ah, on me dit qu'il y a méprise.

3 h 15 : si tu cherches des meufs chaudes de ta région, je dois être à 39,8 degrés là.

3 h 25 : je ne savais pas qu'on pouvait avoir des courbatures aux oreilles. On en apprend tous les jours. La vie est faite de surprises.

3 h 27 : je n'ai plus de force, j'ai tout donné. Si je chois (verbe choir, bande d'ignares) dans la nuit, je ne veux pas de fleurs, mais je veux des couronnes, des vraies. J'adore les couronnes.

3 h 28 : sur ma plaque « Ci-gît une Wonder Mum », ça envoie du pâté. Je n'aime pas le pâté : ça envoie du foie gras.

3 h 28 : et, sur ma tombe, mettez une photo avec le filtre Snapchat qui embellit. Ça ne mange pas de pain. J'aime bien le pain.

Le lendemain, je découvre que le statut a récolté 2 000 likes et 500 commentaires « mort de rire ». Internet n'a aucune compassion, cet enfoiré.

Regalo

29 décembre

« Je vais partir à Biarritz !

— Oh, c'est une ville géniale, vous allez adorer, Anna ! Vous y allez en famille ?

— Non, entre filles ! Il y aura Cynthia et Sophie, deux collègues blogueuses. Et aussi Virginie Grimaldi, que j'aime beaucoup, et avec qui je corresponds depuis quelque temps. On a prévu un week-end détente, avec spa et huîtres au programme.

— Pas trop angoissée ?

— Bien sûr que si ! Mais si Virginie – qui est plus angoissée et hypocondriaque que moi – le fait, je peux, je DOIS le faire, moi aussi. Et puis ça me fera du bien de changer d'air.

— Comment dormez-vous, en ce moment ?

— Bien. Je rêve de ma grand-mère, qu'elle est là le matin, au réveil, qu'elle m'a préparé du lait chaud ou qu'on va à l'église toutes les deux.

— Y allez-vous, à l'église, depuis que vous ne vivez plus en Italie ?

— Non, elle n'a aucun intérêt sans elle. Je crois en Dieu, mais s'il m'a retiré la femme de ma vie, il ne mérite pas que j'aille lui rendre visite. Alors je prie dans mon lit, le soir, quand j'ai peur. Ça ne me soulage pas du tout, et mes prières ne sont jamais entendues. Dieu est rancunier et boudeur. Dieu est un ado de 15 ans. »

Il y a parfois des lieux, des moments, des personnes qui marquent un tournant dans votre vie. Biarritz, ce week-end et ces femmes ont été de ceux-là.

Comme si l'univers avait décidé de m'offrir un cadeau. Une parenthèse pour souffler. Et j'ai pu respirer profondément. J'ai pu sentir l'iode entrer dans mes narines, descendre jusqu'à ma gorge, ma poitrine, remplir mes poumons, mon cœur et mon ventre d'une force dont je ne soupçonnais pas l'existence.

J'ai pu dépasser des peurs, sans trouver ça épuisant. J'ai pu faire taire les démons dans ma tête, en les bâillonnant de mon envie, si forte, de vivre pleinement ces instants.

J'ai pu rire comme une enfant, et ne me soucier de rien d'autre que de la douce douleur que provoque un fou rire impossible à arrêter.

J'ai pu écouter comme une femme. Conseiller, comprendre, apprendre. Comme si je faisais une formation rapide à la vie.

J'ai pu me comporter comme une ado. Dormir sans me démaquiller, ne pas résister à plonger mes pieds dans l'océan gelé, éclabousser mes ados de copines, boire un peu trop, prononcer des phrases convenues et faire des déclarations d'amitié, à la vie à la mort.

Toutes les Anna que je n'ai pas été avant, je les ai rencontrées là, à Biarritz.

J'ai beaucoup pleuré, mais pas de tristesse. C'était d'émerveillement face au coucher de soleil, c'était de gratitude face au rocher de la Vierge, c'était d'émotion en découvrant ces bras tendus à mon arrivée, en m'imprégnant des vécus de chacune et… Oh, si, un peu de tristesse, en disant au revoir, au bord du quai.

Avant de rencontrer ces trois-là, je pensais que les vrais amis étaient forcément ceux de l'enfance. Je pensais que ceux qui n'ont pas tout vécu avec nous ne peuvent pas vraiment nous comprendre. Elles m'ont démontré à quel point je me trompais.

Comme si j'avais été en couple depuis des années, avec quelqu'un que j'aimais très fort, oui, mais avec qui c'était surtout devenu confortable, routinier et un peu convenu. Avec elles, je découvre le coup de foudre, et toute la force qu'il peut donner pour avancer et changer les choses.

Mes amies d'enfance sont mon amour de toujours, rassurantes et calmes, indispensables à mon équilibre. Ces trois femmes, un amour passionnel. Pour et avec elles, je peux tout accomplir.

2015

Ballare

9 février

« Le succès grandissant du compte Instagram d'Adel associé aux partenariats de mon blog nous permet de pas mal bouger. En janvier, nous avons visité Amsterdam, passé un week-end à Center Parcs et nous avons même été invités en amoureux en thalasso. On forme une belle équipe. J'écris, il fait les photos. Je n'aurais jamais cru que les réseaux sociaux nous rapprocheraient autant !

— Le destin fait parfois très bien les choses, on dirait. Vous arrivez à en profiter pleinement ?

— Sans peurs, vous voulez dire ?

— Oui.

— NON !

— Comme c'est étonnant !

— J'oscille entre le "pourquoi ça m'arrive, à moi, alors que je ne le mérite pas" et "si on est heureux aujourd'hui, c'est que, bientôt, on sera forcément très malheureux". Donc, je suis dans l'attente d'être démasquée pour mon incompétence et que tout s'arrête demain, ou qu'il nous arrive un truc horrible. C'est si gai d'être moi !

— Et, à aucun moment, vous vous dites que, peut-être, je dis bien peut-être, vous avez eu votre lot de difficultés dans la vie et qu'aujourd'hui, enfin, la balance se met juste à pencher de l'autre côté ?

— Mouais.

— Anna, vous êtes la personne la plus pessimiste que je connaisse.

— Ça, c'est parce que vous ne connaissez pas ma voisine du dessus. Quand je pense être au plus mal, elle arrive encore à m'arrêter dans l'escalier pour me raconter un fait divers horrible, avec tous les détails glauques. Et elle finit toutes ses phrases par “On va tous crever, moi je vous le dis !”. À côté, je suis la positivité incarnée ! »

J'ai 16 ans. Comme chaque année, je retourne en Italie pour les vacances. Je voyage en avion, seule. Puisque mon père ne joue plus, il peut me payer un billet par an. Giulia reste avec ma mère. Elles ont peur, l'une comme l'autre, d'une séparation.

Je suis donc officiellement un mois chez mon père – mois que je passe, en fait, intégralement chez ma grand-mère.

Le matin, on va à la plage avec mes anciens camarades de classe. Ils ont tous un scooter et personne n'a de casque. Alors qu'ils filent à toute allure sous le soleil, cheveux au vent, en chantant la dernière chanson de l'été, je me cramponne à l'arrière de l'un d'eux, la boule au ventre.

Ils pensent été et insouciance, je pense crânes et jambes brisées sur le macadam.

Une fois à la plage, ils larvent au soleil pendant des heures. Non seulement ils ne se protègent pas, mais ils se tartinent d'huile pour bronzer plus vite. Moi aussi, j'adore jouer au lézard. Mais pas sans protection : si j'oublie d'en mettre, je sens déjà le cancer me guetter.

Dans l'eau, c'est pareil. Ils jouent à se couler. Ils se baignent sans d'abord se mouiller la nuque ! Du suicide ! Je palpite en permanence.

Je ne leur dis rien de tout ça. J'ai depuis toujours appris à garder les angoisses pour moi. Je n'ai pas envie de passer pour la rabat-joie de service. Moi aussi, je veux être cool, insouciante, jouer à celle qui n'a peur de rien. Je vis tout ça de l'intérieur et, petit à petit, ça ronge tous mes organes. Je ne m'en rends pas compte mais, à force de vouloir me protéger de tout, je suis mon propre danger.

Mes moments préférés sont ceux où on boit le café, après le repas, avec ma grand-mère. Assises sur la terrasse, elle me donne sa vision du monde, me recommande d'étudier – elle qui n'a même pas pu finir l'école primaire parce que sa mère avait besoin de main-d'œuvre dans les champs.

C'est souvent là qu'Elena arrive. Ma cousine et moi avons toujours été très proches. Ma nonna dit qu'on est folles toutes les deux, que c'est pour ça qu'on s'entend si bien.

Elena est née élégante, grande et belle, avec un port de tête qui ferait passer la reine d'Angleterre pour une racaille. Notre grand-mère adore nous regarder danser et chanter. « Les voilà reparties, que Dieu les pardonne », dit-elle en riant et en levant les mains au ciel.

Alors on danse, pieds nus sur la terrasse. Je ne pense plus à rien et j'aimerais que toute la vie soit aussi douce. Légère comme deux adolescentes qui dansent.

Scivolare

23 février

« Vous me parlez toujours de l'Italie, Anna, mais qu'en est-il de votre rapport avec la France ?

— L'Italie est ma mère biologique, la France ma mère adoptive. Je l'aime et lui suis reconnaissante de tout ce qu'elle a fait pour moi. Je suis parfaitement consciente de ses qualités et de la chance que j'ai de vivre dans un pays comme celui-ci. Cela dit, il est plus facile d'idéaliser une mère biologique. Je la fantasme, elle me manque, et les retrouvailles sont toujours intenses. Je vis avec l'Italie un amour passionnel où il n'y a pas de place pour la raison. Je repars avant que ses nombreux problèmes et défauts me sautent au visage. Je préfère fermer les yeux. Je peux le faire puisque je suis loin d'elle. Je me sens profondément italienne, c'est comme ça, j'ai de la sauce tomate qui coule dans mes veines, et, dans les faits, je le suis à 100 %. Ma mère a vu le jour en France, certes, mais de parents italiens. Mes racines ne sont pas ici. Je l'aime vraiment, ma terre d'adoption, d'une autre façon, moins intensément, mais jamais je ne la renierai. Si je n'étais pas née napolitaine, j'aurais adoré naître parisienne ! D'ailleurs, j'aime tellement la capitale que j'y emmène mes amies en week-end en juillet !

— Vous n'arrêtez plus de bouger ! Anna, vous rendez-vous compte que de tels déplacements vous étaient impossibles au début de votre thérapie ? Mesurez-vous le chemin parcouru ?

— Oui, vous avez raison. Je me focalise souvent sur ce qu'il reste à faire en oubliant de regarder ce qui est déjà accompli. On avance, on fait du bon boulot, toutes les deux. »

Ce soir, Sam me tend son carnet de liaison : il faut des parents pour accompagner les enfants à la piscine. Je bénis ces fous qui se dévouent pour se geler les miches au bord d'un bassin municipal après avoir mis 28 bonnets de bain, accompagné 7 enfants faire caca pour enfin enfiler 56 chaussettes sur autant de pieds humides. Je les bénis car cela me permet, moi, de bosser au chaud sur mon canapé avec un bon thé.

« Maman ne peut pas, tu le sais. Je dois travailler.

— Ouiii, je saaaaais.

— Ça s'arrête bientôt vos séances, là ? C'est long quand même !

— Moi, j'adore ! »

Tu m'étonnes. J'essaie de toutes mes forces de ne pas transmettre mes phobies à mes enfants. J'aimerais vraiment leur faire ce cadeau, je le souhaite du plus profond de mon cœur et je prends énormément sur moi. Mais la piscine, sérieusement ?

Je décide d'en faire un billet sur le blog.

Le cas de la piscine

Je n'aime pas la piscine.

Depuis que j'ai des enfants, cet endroit est devenu un enfer pour moi.

Si vous me suivez depuis longtemps, vous n'êtes pas sans savoir que je suis quelqu'un de « quelque peu » angoissé.

Oh, trois fois rien, vraiment.

(Tic à l'œil gauche.)

Donc, je vais tenter de vous décrire ce que mon cerveau tordu me fait vivre chaque fois que je fous un orteil dans cette immondice de pédiluve.

Il y a déjà l'angoisse du microbe et des bactéries. Non mais, les gars, autant de gens dans un seul bassin, ce n'est pas possible ! On a beau y mettre du chlore, on ne me la fait pas. Je serais plutôt d'avis de passer tout le monde au karcher d'eau de Javel avant.

Imaginez toute cette sueur, ces pieds qui puent, ces pipis, cette crasse, dans un seul et même bain ! Et vas-y que je plonge dedans allègrement, et vas-y que je te bois la tasse ! Rien que d'y penser, j'ai envie de me frotter la peau au balai-brosse !

Et tous ces enfants, avec leurs maladies potentielles, qui risquent de les refiler aux miens ! AU BÛCHER !

Lorsque j'arrive à faire abstraction de ça – jamais –, l'angoisse du sol glissant pointe le bout de son nez.

AH, CE PUTAIN DE SOL GLISSANT !

MAIS POURQUOI, POURQUOI, POURQUOI, on n'a pas encore inventé des sols antidérapants pour ce genre d'endroit ? Expliquez-moi ! Je vous le dis, moi, pourquoi : le lobby des chirurgiens, ma bonne dame ! Ils adorent réparer nos tibias cassés, nos chevilles pétées et nos bras en miettes ! La voilà, la vérité !

Alors, lorsque, par la force des choses, je me retrouve dans cet enfer, je passe mon temps à hurler : « NE COUREZ PAS ! NE COUREZ PAAAAAAAAAS ! » À mes enfants et aussi à ceux des autres parents, bien sûr. On dirait une cinglée. Une fois, j'ai même failli me faire virer. « MAIS, ON NE DOIT PAS COURIR SUR UN SOL GLISSANT ! » C'est la base quand même ! D'ailleurs, si ce n'était que moi, j'interdirais la course sur tout type de sol, c'est simple !

À ce sujet, j'ai bien reçu toutes vos vidéos sur ces autocollants de pieds – ma foi hyper chelous, mais plutôt ingénieux. J'ai voulu en commander : mes enfants ont promis de fuguer et de demander l'asile politique chez leur grand-mère si je leur imposais ça.

Saletés de gamins.

Il y a également les rebords de la piscine. Là aussi, expliquez-moi pourquoi on les laisse tels quels : en marbre, en pierre, l'idéal pour se briser la nuque, le crâne ! Mais mettons des bouées, des protections, que sais-je ! Pourquoi vouloir à tout prix briser des nuques ?! JE NE SUIS PAS POUR DU TOUT, MOI !

Et les toboggans ? On en parle des toboggans ?

Les enfants ne respectent pas les règles ! Ils les descendent à l'envers, à plusieurs ! Et pour y accéder, il faut monter tout un tas d'escaliers qui peuvent potentiellement briser des jambes et des nuques, eux aussi ! Pendant ce temps, moi, j'hyperventile, bordel de merde ! Vous savez combien de temps dure cette épreuve, chaque fois ? Et combien de fois mes enfants réitèrent l'exploit sans jamais s'arrêter ? J'ai le temps de crever cent fois. Cent fois, je vous dis !

Passons ensuite à la peur de la noyade – noyade mouillée, humide, sèche, pas de jaloux ! Je suis flippée par TOUTES SORTES DE NOYADE POSSIBLES.

Mon fils sait nager mais je continue d'imposer des brassards à tout le monde. Si je pouvais, je leur en mettrais un à chaque jambe aussi et puis une petite frite autour du cou. Là, d'accord. Là, je me détends !

Un seul maître nageur par bassin ? UN SEUL ? Mais il en faudrait un par gamin ! Je n'arrive déjà pas à surveiller les deux miens. Dès que je suis trop sur l'un, l'autre disparaît. C'est des David Copperfield, ces mômes !

Et après on me dit que je suis excessive parce que, dès qu'ils gardent la tête sous l'eau plus de trois secondes, je plonge façon Pamela Anderson – les seins en moins, l'angoisse en plus. Je les sors en criant d'appeler les pompiers, le Samu et mon médecin traitant (je l'adore ; j'aimerais qu'elle soit toujours auprès de moi) et en entamant un massage cardiaque. Quand je réalise qu'ils ne se noient pas, je leur hurle que je vais les tuer.

C'est bien normal, moi, je trouve.

Bref, chaque fois qu'on ressort de cet endroit démoniaque en vie, avec nos os et notre boîte crânienne intacts, et sans avoir chopé la gale, la salmonelle ou le cancer de la plante de pied, je vais allumer un cierge.

Je perds dix ans d'espérance de vie toutes les dix minutes de piscine.

Dès que l'été approche, je prie pour que quelqu'un vienne m'achever.

Donne

2 mars

« J'aimerais mettre en place quelque chose pour le 8 mars.

— Pour la journée de la femme ?

— La Journée internationale de la lutte pour les droits des femmes. C'est totalement différent.

— Vous avez raison. On a tendance à oublier le vrai sens de cette journée.

— Je commence à recevoir des promotions commerciales dans ma boîte mail. Hier, j'ai vu dans une vitrine que, pour fêter "notre" journée, une culotte serait offerte pour toute culotte achetée. On en a de la chance ! Ça me met hors de moi. Il y a encore tellement de choses à faire, tellement de chemin à parcourir. En France, à travail égal, le salaire des femmes est toujours inférieur à celui des hommes. Elles continuent d'être discriminées à l'embauche, d'être importunées dans la rue. Ici, dans le pays des droits de l'homme, une femme meurt tous les trois jours sous les coups de son compagnon. Sans parler de ce qui se passe plus loin, hors de nos frontières, des petites filles qu'on tue ou qu'on abandonne à la naissance parce qu'elles ne sont pas des garçons, des excisions, des mariages forcés, des viols comme armes de guerre. Je veux lutter à mon échelle pour faire bouger les choses. Je ne sais pas encore comment, mais il y a une révolte en moi dont j'aimerais me servir. Même si je sais que, toute seule, je n'arriverai sûrement à rien.

— Connaissez-vous l'histoire du colibri, Anna ?

— Non. »

Un jour, dit la légende, il y eut un immense incendie de forêt. Tous les animaux, terrifiés et atterrés, observaient, impuissants, le désastre. Seul le petit colibri s'active, allant chercher quelques gouttes d'eau avec son bec pour les jeter sur le feu. Au bout d'un moment, le tatou, agacé par ses agissements dérisoires, lui dit :

« Colibri ! Tu n'es pas fou ? Tu crois que c'est avec ces gouttes d'eau que tu vas éteindre le feu ?

— Je le sais, répond le colibri, mais je fais ma part. »

Je décide de faire ma part.

J'ouvre un blog participatif où chaque femme peut poster son témoignage. Je les invite à expliquer ce qu'elles ont subi ou subissent encore parce qu'elles sont des femmes.

En deux heures, j'en récolte plus d'une centaine. Des femmes battues, violées, abusées. Des femmes à qui on refuse un poste ; des mères célibataires qui luttent seules ; d'autres qu'on décourage, qu'on rabaisse ou qu'on humilie. Je lis de la tristesse, de l'incompréhension, de la colère, de la force. Je lis des femmes détruites ; d'autres qui font face ; d'autres encore qui s'en sortent malgré tout. Je lis toutes sortes de violences, toutes sortes d'injustices.

Certaines préfèrent rester anonymes, d'autres signent leur témoignage pour crier au monde leur ras-le-bol.

Je tape un texte, moi aussi. Je raconte ce que j'ai vu, ce que ma mère a subi. Je n'ai pas le courage de signer. Je ne veux pas qu'on se focalise uniquement sur mon récit. Mais, pour la première fois, poser des mots sur tout ça me fait du bien. J'ai l'impression de me délester d'un poids. Un poids en moins sur ma poitrine. Comme si je respirais de nouveau.

Le blog reçoit un nombre de visites incroyable. Le lien est partagé partout, repris par la presse. J'ai réussi : ces femmes ont été entendues.

Elles ont eu le droit de crier sans qu'on les interrompe, sans qu'on remette en cause leurs dires, sans les « oui, mais… ».

Je passe ma journée à lire, poster, relayer sur les réseaux sociaux. J'essaie d'informer sur le 8 mars, d'expliquer pourquoi il faut boycotter les promotions commerciales qui utilisent une cause pourtant si importante.

J'en profite aussi pour faire quelque chose qui me tenait à cœur depuis longtemps : je me connecte sur le site de Plan international et décide de parrainer une petite fille. Pour lui assurer une scolarisation et un quotidien décent.

Cela me coûtera 28 euros par mois. Je clique sur « accepter ». C'est donc cela, la valeur du bien-être d'un enfant ? J'ai soudainement honte. Est-ce la bonne façon d'agir ? Est-ce que je ne cherche pas juste à calmer ma culpabilité d'être une privilégiée, avec quelques euros ?

Non, cette fois, je fais le choix de ne pas me rabaisser. Avec tout ce que j'ai lu aujourd'hui, je me dis que le monde se charge bien assez de le faire.

Je m'endors épuisée, vidée. Je me sens moins inutile.

Quelques jours plus tard, je reçois dans ma boîte aux lettres la photo de Mutio, 7 ans. Elle vit au Kenya, a de grands yeux noirs qui trahissent une expression beaucoup trop grave pour loger dans le regard d'une enfant.

Je me dis qu'il faudrait beaucoup plus de colibris.

Libera

13 avril

« Vous savez pourquoi nous avons appelé notre fille Mia ?

— Non, racontez-moi.

— C'est un clin d'œil à mon arrière-grand-mère, qui s'appelait Maria. Mia est une sorte de version moderne de ce prénom.

— C'est la mère de votre nonna, c'est bien ça ?

— Oui, elle était une femme incroyable. Elle a perdu son mari très jeune. Il était soldat volontaire, il est mort en Espagne. Elle a élevé seule ses quatre filles. Elle est décédée à l'âge de 94 ans, un jour de Pâques. Figurez-vous que la semaine avant sa mort, elle avait fait une répétition générale. Elle s'était habillée avec la jupe et le chemisier qu'elle avait choisis pour ses futures funérailles. Elle s'était allongée sur le lit, avait appelé tous ses enfants, petits-enfants et arrière-petits-enfants, dont moi, auprès d'elle. Ça avait un peu agacé ses filles, qui lui répétaient qu'elle n'était qu'une vieille tête de mule et qu'elle vivrait de toute façon encore cent ans. Moi, ça m'avait impressionnée, mais dans le bon sens du terme. Voilà une femme qui savait ce qu'elle voulait ! Elle menait tout ce monde à la baguette et ils avaient beau râler, ils avaient tous répondu présents. Alors elle a expliqué ce qu'elle souhaitait exactement, quelle photo sur la pierre tombale, quelles fleurs à l'église. Elle a montré comment il fallait attacher son chignon, qu'elle portait haut et serré depuis toujours, et lorsque, une semaine plus tard, elle ne s'est pas réveillée, tout le monde a suivi les instructions à la lettre, en pleurant.

— Sacré tempérament ! Je comprends que vous ayez voulu lui rendre hommage.

— Mon arrière-grand-mère et ma nonna ont été de vrais exemples pour moi. Elles sont restées fortes et dignes toute leur vie. Elles ont travaillé dur tout en s'occupant de leurs enfants et de leur foyer. Lorsque je me plains de ne pas réussir à tout faire alors que j'ai la chance de travailler depuis chez moi et que j'ai un mari avec qui je partage toutes les tâches, je pense à elles. Ça me fait relativiser un peu. Elles m'ont beaucoup appris, surtout que la vie n'est pas facile. Je me sens privilégiée d'avoir grandi auprès d'elles. »

Nonna Maria était toute petite et toute fripée. Elle avait deux dents uniquement. Une en haut, une en bas. Ce qui ne l'a jamais empêchée de manger quoi que ce soit. Du pain dur avec du jus de tomate et du thon, de la *sepersata*, qui est une sorte de saucisson, de la pizza qu'elle faisait dans notre four, en bas, dans la cour. Elle accompagnait chaque déjeuner d'un verre de vin, rouge exclusivement. Elle disait que la vie, sans ce petit verre-là, n'avait pas la même saveur. De temps en temps, elle s'offrait même une cigarette.

Lorsqu'elle déroulait son chignon, une cascade blanche inondait son dos. Chaque matin, elle coiffait soigneusement sa longue chevelure, avec un peigne qu'elle imbibait d'alcool à désinfecter. Je n'ai jamais compris pourquoi elle faisait ça, mais sa tête avait toujours cette odeur par ticulière, que j'avais fini par aimer.

Elle pensait aussi que ceux qui étaient dans le poste de télévision nous voyaient, comme nous on pouvait les voir. Elle leur disait bonjour en allumant le matin – « C'est la moindre des choses ! » –, et après s'être préparée, bien sûr : il ne fallait pas qu'ils puissent l'apercevoir en chemise de nuit, tout de même.

Elle râlait lorsque des femmes un peu dénudées entraient en scène : « Pourquoi on ne met jamais des hommes en maillot de bain à côté d'une dame en costume ? »

Ma bis-nonna, la formule d'usage en Italie, était une féministe dans l'âme, et si elle tenait à nous apprendre les traditions, la bonne façon de « tenir une maison » comme elle disait, elle ne manquait pas une occasion de me glisser un « Amuse-toi, vis, sois libre et ne laisse jamais personne te dire ce que tu dois faire. Sauf moi ! Moi, tu dois m'écouter, parce que je sais ce qui est bon pour toi, je suis ton arrière-grand-mère ».

C'est alors qu'elle me pinçait les cuisses pour que je me lève et que j'aille chercher sa boîte à couture. C'était une boîte de gâteaux secs qui, à mon avis, n'en avait jamais vraiment contenu, ou plus depuis un certain temps. À l'intérieur, il y avait des aiguilles, des dés à coudre, du fil, des fermetures Éclair et des boutons.

Patiemment, pendant très longtemps, elle a essayé de m'apprendre comment repriser une chaussette ou coudre un bouton.

Aujourd'hui, j'en suis toujours incapable, mais j'essaie de m'amuser, d'être libre et de ne jamais laisser personne me dire ce que je dois faire.

Scelta

22 juin

« Mon père m'appelle beaucoup plus souvent. Il m'envoie des SMS. Au début, c'était un peu bizarre, puis, petit à petit, c'est devenu normal.

— Avez-vous réussi à pardonner ?

— Je ne crois pas que j'y arriverai un jour, mais j'ai décidé d'accepter ses excuses. Si ma mère y est parvenue, alors je peux le faire, moi aussi. Et essayer de construire un semblant de relation, quelque chose pour maintenir le lien. Avoir des enfants aide bien. Il aborde souvent la conversation en me demandant de leurs nouvelles, en réclamant une photo… Puis on parle du travail, du mien, du sien, de celui d'Adel. Je lui raconte nos week-ends par-ci par-là, rien de très profond, mais c'est un début.

— Et avec votre mère ?

— C'est plus difficile, bizarrement. Peut-être parce qu'elle est sur place, que je la vois régulièrement. Nous n'avons jamais eu un rapport complice. Nous n'avons jamais été de ces mères et filles qui se racontent leurs secrets, qui font du shopping ensemble, ce genre de choses. Je dois faire le deuil de cette relation. J'avoue jalouser mes amies qui vivent ça. Ce doit être génial, de ne pas avoir peur de tout se dire, d'avoir une confidente, une amie et une mère dans une seule et même personne. J'espère réussir à nouer ce rapport-là avec ma fille. Je veux qu'elle puisse se livrer, qu'il n'y ait pas de tabou et une confiance absolue. »

À la maison, ce soir, tout est calme. Après avoir baigné Mia, je propose à Samuel de jouer à « Est-ce que tu préfères… ? ». Les règles sont simples, il s'agit de faire un choix entre deux options improbables.

Je commence : « Est-ce que tu préfères, à vie, avoir des mains en bois ou des pieds en mousse ? » Mon fils rit aux éclats en envisageant les deux possibilités. « Des pieds en mousse ! J'aurais peur que mes mains en bois prennent feu ! »

Toujours envisager le pire, digne fils de sa mère.

« Et toi, maman, est-ce que tu préfères avoir à vie des fesses à la place des joues ? Ou des cheveux en spaghetti ? »

Les cheveux en spaghetti me semblent une idée grandiose, à la moindre petite faim, hop, des pâtes à disposition. Non, vraiment, les fesses à la place des joues, c'est moyen, avec ma chance légendaire, j'hériterais de fesses d'homme poilu…

Adel rentre, il a encore reçu une invitation via son compte Instagram : c'est l'office de tourisme de Biarritz ! Ils veulent des clichés de coucher de soleil, de la grande plage. Il me demande de nous y rendre en famille. Je suis hyper excitée de lui faire découvrir cette ville. J'en suis tombée follement amoureuse lors de notre virée entre copines, et j'ai vraiment envie qu'il me donne son avis. Je veux qu'on se promène sur la plage, qu'on respire l'iode, qu'on montre le phare aux enfants.

Pour rire, je lance un « Tu verras, tu vas l'aimer tellement fort, toi aussi, qu'on décidera d'aller y vivre ».

En revenant de ces trois jours, après en avoir discuté des nuits entières, notre décision est prise. Bientôt, nous irons nous installer face à l'océan.

Distanza

23 juillet

« Nous partirons l'été prochain.

— Comment abordez-vous ce changement ?

— Je suis une fille de la mer. J'ai toujours su que je ne finirais pas ma vie ici. C'est trop gris et trop éloigné d'où j'ai grandi, et je ne parle pas de kilomètres. J'espère dans le futur, pour mes vieux jours peut-être, avoir la possibilité de passer du temps en Italie, pourquoi pas la moitié de l'année, d'avril à octobre par exemple, ce serait l'idéal. En attendant, et tant que les enfants sont petits, l'océan me semble un parfait compromis. Ils sont excités à cette idée. Adel est fou de joie. Nous avons la chance, lui et moi, de pouvoir exercer notre métier partout. C'est un luxe incroyable et une chance que nous devons saisir.

— Comment votre entourage prend la nouvelle ?

— Assez bien pour l'instant. Les parents d'Adel passent par l'Espagne régulièrement afin de se rendre au Maroc, ils en profiteront pour nous rendre visite. Pour ma mère et ma sœur, nous serons à quelques heures de train, ce n'est pas le bout du monde. Le plus difficile pour moi sera de quitter mes amies. J'en ai peu mais elles sont si précieuses à mes yeux. Nous avons nos rituels. Les petits déjeuners du vendredi matin, nos soirées filles, les anniversaires. Nous vivons à deux kilomètres les unes des autres depuis des années. Elles ont toujours été là, à portée de main, prêtes à bondir en cas de besoin, à tout laisser tomber pour venir gérer une de mes crises d'angoisse, pour garder les enfants, pour partager chaque étape de notre vie. Agathe ne le supporte pas très bien. Même si elle me comprend, elle en souffre beaucoup. Joh ne dit rien, ce qui n'est pas très bon signe non plus. Elles vont me manquer. Je me rapproche de Cynthia et Virginie, qui vivent à deux heures de Biarritz, mais je m'éloigne de mes amies d'enfance. J'aimerais pouvoir emporter tout le monde dans ma valise… Et puis il y a vous aussi.

— Moi ?

— Oui, vous ne croyez quand même pas que je vais trouver une autre thérapeute ! Vous m'aurez sur le dos jusqu'à la retraite !

— Ah, ah ! J'y compte bien. Si votre thérapie doit se poursuivre, nous le ferons par Skype, Anna. Je n'ai pas l'intention de vous laisser tomber, ni ici ni à Biarritz. »

Samedi matin, nous prenons le TGV direction Paris. Joh, Agathe et moi. Je commence à bien connaître la capitale, je m'y rends régulièrement grâce à mon blog.

Je leur ai prévu une surprise, un dîner avec vue sur la tour Eiffel. Depuis l'une des plus belles terrasses de Paris. Nous y sommes allés avec Adel l'an dernier, c'était une superbe expérience. Nous avons deux chambres d'hôtel mais décidons de dormir toutes les trois dans le même lit.

Nous marchons beaucoup, il fait beau et bon. On joue les touristes. Agathe n'a pas vu la tour Eiffel depuis un voyage scolaire de CM1. On flâne aux Tuileries, on s'allonge au soleil. Je lis *L'Amica geniale* et découvre Elena Ferrante. Je tombe immédiatement sous le charme de cette écrivaine qui décrit Naples et l'amitié comme personne. Je promets à mes amies de leur offrir la version française. « Tu devrais raconter ton histoire, toi aussi. » Je fais semblant de ne pas entendre.

Nous décidons d'aller à Montmartre mais, dans le métro, je fais une nouvelle crise. Toujours au rendez-vous, histoire de rappeler qui commande vraiment. Il ne faudrait pas que je puisse profiter trop longtemps. J'éclate en sanglots. Je me hais d'être si faible, de gâcher chaque bon moment, de les soûler avec ça. Je voudrais que ça s'arrête. Je voudrais avoir la paix. Avec une infime patience, comme d'habitude, elles prennent le temps de me parler, de me rassurer, de me faire rire. « Montmartre ne bougera pas de là. Nous irons une autre fois. Où est le problème ? », insistent-elles. Nous rentrons à l'hôtel. Après une douche et un peu de repos, je me sens mieux.

On dîne face à la dame de fer. La crème de petits pois est « à se taper le cul par terre », selon une critique gastronomique très pointue d'Agathe. Joh demande si on peut éventuellement lécher l'assiette. On parle de nos vies, de nos enfants. On fait tout un tas de photos devant la tour Eiffel qui scintille. On rit beaucoup et on pleure un peu.

Mon départ va arriver vite mais, avant, on décide de savourer à fond.

En italien, il y a une expression pour signifier « je t'aime en amitié ». Pour définir cet amour-là, différent du sentiment amoureux mais tout aussi puissant, on dira « *ti voglio bene* », littéralement « je te veux du bien ». Ça exprime exactement ce que je ressens pour ces deux femmes : je leur souhaite du bien. Je veux faire en sorte qu'elles aillent toujours bien, qu'elles soient heureuses, et je veux être heureuse pour elles.

Dans notre lit, le soir, j'attends qu'elles soient endormies. Je dépose un baiser sur leur tête, murmure un « *vi voglio bene* » et je les remercie d'exister.

Notte

15 septembre

« J'ai de nouveau des insomnies terribles. Je dormais beaucoup mieux depuis que j'avais commencé à faire du sport régulièrement, mais, là, c'est de nouveau l'horreur. Dès que la nuit tombe, je commence à avoir peur en pensant à ce qui m'attend. J'ai tout essayé : les tisanes, les bains chauds, la méditation. Rien. J'ai même fait une séance d'hypnose.

— Et ça n'a rien donné ?

— J'ai fait semblant de me laisser aller pour ne pas vexer la personne en face de moi. J'ai joué un rôle tout le long. C'était pénible, chiant au possible, ça n'a servi à rien et ça m'a coûté 60 euros.

— Mais pourquoi avez-vous fait semblant ?

— Je n'en sais rien ! Je suis comme ça, j'ai un caractère très fort mais je déteste faire de la peine aux gens. Volontairement en tout cas. Surtout, je suis mal à l'aise à l'idée de mettre quelqu'un mal à l'aise. Ça doit être cette même pathologie qui pousse à me cacher, au sens propre, dès que je vois quelqu'un se ridiculiser. À la télé ou dans la vraie vie. Un jour, quelqu'un m'a dit que ça s'appelle avoir de l'empathie. C'est donc à cause d'une trop forte empathie que je suis déjà ressortie de chez le coiffeur en disant "Oh, oui, oui, c'est top, j'adore !" alors que j'avais envie de pleurer des larmes de sang en me voyant dans le miroir ; à cause de ça, aussi, que j'ai acheté une crème contour des yeux à la vendeuse du Sephora – crème dont je n'avais absolument pas besoin, qui coûte une blinde et qui pique – ; et toujours à cause de ça que j'ai enduré pendant des années les desserts d'Agathe, qui a énormément de qualités mais qui est une terroriste des fourneaux. Bon, en ce qui la concerne, j'ai pris sur moi et lui ai tout avoué le jour où j'ai dû goûter une de ses tartelettes au citron. J'ai cru avaler de l'acide. Mes yeux imprégnés de sang m'ont trahie. Je brûlais littéralement de l'intérieur. D'ailleurs, l'une de ces… choses… était malencontreusement tombée au sol – son mari est plus malin que moi – et avait fissuré le carrelage.

— Ce que j'aime chez vous, c'est votre sens de la mesure ! Revenons-en à vos insomnies, racontez-moi.

— Une fois au lit, la panique augmente. Je dois trouver un moyen de ne pas réfléchir. C'est le vide de la nuit qui me fait peur. Je dois sans arrêt occuper mon cerveau pour ne pas qu'il pense à toutes ces heures noires qui m'attendent. Je lis énormément. Je suis capable d'engloutir un roman par nuit. J'achète des livres de façon compulsive par peur d'en manquer. Je traîne aussi sur Twitter. Il y a toujours quelqu'un qui ne dort pas sur ce réseau, ça me rassure de ne pas être toute seule dans cette galère. J'y fais de belles rencontres, d'ailleurs. Floriana, par exemple, qui milite pour des pâtes toujours *al dente*. Entre deux coups de pied à mon mari qui ronfle, j'écris des trucs, des billets de blog à publier ou d'autres que je n'aurai jamais le courage de faire lire. Bref, j'occupe chaque seconde de ces longues nuits. J'ai si peur de m'entendre penser. Alors je remplis, remplis, remplis encore. Je suis très productive et heureusement, d'ailleurs ! Vu qu'en journée, je traîne un syndrome céphalo-rectal important et que je ne suis bonne à rien à cause de la fatigue, c'est toujours ça de pris. Dans ma tête, il y a des informations partout, des Post-it accrochés dans tous les coins, des feuilles remplies, des textes barrés, des gribouillages. Il y a aussi des punchlines de malade, des reparties de dingue, dommage qu'elles arrivent toujours trop tard. Genre deux jours après une dispute… C'est un bordel pas possible, mon cerveau. J'aimerais embaucher une secrétaire pour ranger tout ce bazar. J'aimerais y voir plus clair et dormir un peu. »

Je reçois un appel de mon père. Je décroche toujours avec la peur qu'il s'agisse d'un problème avec ma grand-mère.

Il dit qu'il pense à moi, qu'il m'appelle comme ça, sans raison. « Je te soui sou Fassébou, *ma*, c'est bien ce que tou écris. » Il me parle en français. Je ne sais pas pourquoi, je lui réponds toujours en italien.

Je lui demande de me raconter son enfance, sa vie avant nous. Je connais un peu son histoire, bien sûr, mais je ne l'ai jamais entendu en parler. Il me dit qu'il était doué à l'école, très doué. Il avait obtenu une bourse d'études importante grâce à ses excellents résultats. Il me confie que, malgré tout, il ne se sentait pas à sa place en classe, que cela l'ennuyait beaucoup et qu'il était souvent seul. Il a donc préféré tout arrêter pour travailler et gagner de l'argent tout de suite – argent qu'il jouera ensuite aux cartes.

Il me dit que son père était très sévère et qu'il ne supportait pas son autorité. Il me dit qu'il a eu cependant une enfance heureuse, que ses années à l'armée lui ont plu et que, lorsqu'il est tombé amoureux de ma mère alors qu'elle était en vacances dans notre village avec ses parents, il a vraiment cru qu'ils seraient heureux ensemble.

Il me parle de la nuit où je suis née.

« Tu étais déçu que je sois une fille, avoue.

— *Ma nooooo !* Tu étais si belle, minuscule avec des joues énormes, mais quand même… on m'a volé mon autoradio cette nuit-là ! »

Je souris.

Puis il me parle de cette colère au fond de lui. Présente depuis toujours. « Pendant des années, j'ai cherché à comprendre les causes, à qui je devais en vouloir. Récemment, j'ai compris qu'elle ne visait que moi. »

Cette nuit-là, je dors comme un bébé. Le lendemain, je lui fais envoyer un autoradio dernier cri.

Rabbia

14 octobre

« Anna, cela fait environ six mois maintenant que nous avons commencé à espacer nos séances. Comment vous sentez-vous ? Pensez-vous avoir besoin de plus ?

— Non, ça me convient comme ça. Déjà six mois ?

— Oui, comment ça va aujourd'hui ?

— Bien, le troisième et dernier tome de mon livre est sorti ! J'ai fait pas mal de dédicaces. Je ne suis plus aussi mal à l'aise qu'au début. J'essaie de prendre l'amour, la bienveillance, de m'en nourrir. J'ai des lectrices incroyables, des femmes si différentes les unes des autres. Il y a même quelques papas, c'est marrant car ils m'abordent toujours en me disant : "C'est ma femme qui vous lit mais, à force de l'entendre rire, je m'y suis mis moi aussi !" Je passe de bons moments.

— Pourquoi dites-vous qu'il s'agit du dernier tome ?

— Parce que j'ai fait le tour. Je me suis beaucoup amusée à écrire ce type d'ouvrages, mais maintenant j'ai…, je ne sais pas, envie d'autre chose ?

— Un roman ?

— Oh ça, tout le monde m'en parle, mais je n'ai pas les épaules pour. J'aime écrire mais je suis plutôt douée pour les textes courts, percutants. Un roman, c'est une histoire, avec un début, une fin, des personnages… Il faut de la patience, de l'investissement. Cela demande du temps et puis un talent que, sans fausse modestie, je ne crois pas avoir. Je lis beaucoup, des livres de toute sorte, d'auteurs plus ou moins connus, et, moi, je suis incapable de faire ça, d'écrire des livres.

— Il y a énormément de choses que vous pensiez ne jamais pouvoir accomplir… Et pourtant !

— Je ne sais pas inventer des histoires, je ne sais parler que de ce que je connais…

— Alors parlez de ce que vous connaissez ! »

Je sors de la séance en colère, sans vraiment savoir pourquoi. Je ressens ça parfois, une boule noire au fond du ventre qui pèse trop lourd. Elle est différente des autres angoisses car celle-ci, je n'arrive pas à l'analyser. Elle ne me donne pas de sueurs froides, pas de palpitations, juste je ne la comprends pas. Je sais qu'elle est là, qu'elle me gêne, mais je ne sais pas à quoi elle est due.

Assise dans ma voiture, j'essaie de défaire cette grosse pelote de rage. Je procède toujours de la même façon, tirant ce fil invisible jusqu'à en déceler l'origine. À quel moment a-t-elle commencé à se former et pourquoi ?

C'est à cause de Lizy, je crois. Bon, je suis souvent en colère contre ma psy, puisqu'elle m'oblige toujours à regarder les choses en face. Rien de nouveau sous le soleil… Mais pourquoi j'ai les sourcils froncés, les mains crispées et les narines anormalement dilatées ?

Ah oui, elle m'énerve. Lizy m'énerve car elle aussi croit en moi. Pourtant, elle sait ce que la plupart des gens ne savent pas. Pourquoi faut-il que mon entourage essaie de me pousser à faire toujours plus ?

Pourquoi ne font-ils pas juste comme moi : se contenter de ce que j'ai déjà réussi à accomplir – et qui me convient très bien ?

Pourquoi les gens et le monde en général ont ce problème de toujours vouloir viser de nouveaux objectifs, de toujours vouloir se dépasser ?

Et si je n'ai pas envie de me dépasser, moi ? Et si ce que j'ai aujourd'hui me satisfait ? Si je me sens bien comme ça ? Pourquoi faudrait-il encore aller puiser des ressources pour faire mieux, pour faire plus ?

Je n'ai pas envie d'écrire un roman. Ils ne se rendent pas compte, eux, de combien ça ferait mal. Ils ne savent pas, eux, qu'écrire, que poser des mots, ça pèse lourd. Qu'écrire, c'est graver, c'est faire exister, c'est ne plus jamais pouvoir ignorer.

Bon sang, mais lâchez-moi ! Lâchez-moi ! Je suis fatiguée.

J'ai envie de tout casser. Je m'en prends au volant de ma voiture. Je tape dessus, de toutes mes forces, de toutes mes putains de forces. Ça fait mal et ça fait du bien. J'en ai marre d'avancer. C'était déjà difficile d'arriver jusqu'ici. Je veux rester là maintenant et profiter du paysage, mais je ne peux pas, c'est ça ? Je pleure de rage. Je sens la boule se dissoudre, elle devient plus légère.

Pour rentrer chez moi, cette fois, j'emprunte l'autoroute.

Festa

9 novembre

« Ma mère m'a annoncé vouloir inviter mon père à Noël cette année. Elle dit que, comme nous partons l'été prochain à Biarritz, ce sera l'occasion de réunir tout le monde ici une dernière fois. Giulia est heureuse à cette idée.

— Et vous ?

— Je trouve ça tellement bizarre.

— De voir vos parents réunis dans la même pièce ?

— Oui, c'est déjà arrivé pourtant, mais c'était souvent assez bref, juste le temps de percevoir le malaise. Là, il s'agit de tout un repas… Je suis censée faire quoi, dire quoi ? Mentir, faire semblant ? Je n'ai plus envie de ça.

— Non, absolument pas , ce n'est pas ce qu'on vous demande. Soyez vous-même. C'est louable de la part de votre maman, Anna. C'est bien pour votre sœur et ce sera peut-être bon pour vous aussi. Cela vous permettra de tourner une page et d'en envisager une autre, en acceptant vos parents tels qu'ils sont aujourd'hui, malgré ce qu'ils ont été par le passé. »

C'est le week-end de San Martino, saint patron de mon village. Depuis très longtemps, je parle de cette fête à Adel, de l'ambiance qui règne dans mon village. Cette année, j'ai décidé de l'y emmener.

Nous laissons les enfants chez ma belle-mère. À notre arrivée, elle avait déjà fait des crêpes, deux gâteaux et du pain maison. Les grands-mères ont un vrai souci avec la bouffe quand même.

Je souris en pensant à la mienne qui doit être en train d'en faire autant, à plus de 1 500 kilomètres de là, pour notre venue. Mia est déjà installée sur les genoux de son papy. Samuel nous pousse vers la sortie en nous faisant promettre de lui ramener des *bocconcini*. Ce sont des petites boules de mozzarella de bufflonne, typiques de la Campanie, dont toute ma petite famille raffole depuis que je les y ai initiés. Un dernier baiser sur ses joues moelleuses et nous partons direction l'aéroport.

Une escale et quatre heures trente plus tard, nous arrivons à Naples. L'atterrissage nous offre une vue spectaculaire sur la ville. Le Vésuve est là, majestueux et calme, surplombant la Méditerranée de toute sa hauteur.

Il fait doux pour un mois de novembre, 15 degrés et grand soleil.

Mon corps se sent immédiatement à la maison. C'est mon cousin Gennaro qui vient nous chercher à l'aéroport. Nous serons chez ma nonna dans une heure, pile pour le déjeuner. Enfin, pile à l'heure du déjeuner italien, soit 14 heures.

Malgré nos nombreux voyages en Italie, Adel a toujours du mal avec les horaires des repas. Lui, il a faim à midi et à 19 heures. Son estomac est toujours réglé comme une pendule sur la France.

Je n'ai pas vu ma grand-mère « en vrai » depuis le mois d'août. Elle me semble plus petite encore. Elle me serre dans ses bras, se recule, et assène toujours la même sentence : « *Sei sciupata a nonna.* » Je suis *sciupata* depuis une vie, c'est-à-dire que mes joues sont trop creuses et que j'ai mauvaise mine.

Ma nonna n'aime pas ça, et elle compte bien remédier au problème immédiatement. Du haut de son 1,55 mètre (peut être 1,53 mètre maintenant) et de ses 84 ans, elle a cuisiné TOUS mes plats préférés depuis l'aube certainement. Des raviolis à la ricotta, sucrés, parce que, moi, je les aime comme ça, et puis des salés aussi pour Adel, Gennaro *e* Elena qui ne comprennent décidément rien. Une *parmigiana* d'aubergines, avec des frites, maison bien sûr. Tout est frit dans ce plat. Ma grand-mère a une passion pour la friture. Plusieurs fois, j'ai eu peur qu'elle me plonge dans l'huile, moi aussi. Pour l'*antipasto*, « c'est léger », dit-elle. Du jambon de Parme et des *bocconcini* pour nous, de la *bresaola* pour Adel qui ne mange pas de porc.

Cela a été très difficile pour ma grand-mère d'apprendre cette nouvelle au début de notre relation. Ça l'a rendue très triste. Rien à voir avec le fait qu'il était musulman, mais parce que : « Qu'est-ce qu'il mange, alors, cet enfant ? Mais, même le jambon, il ne peut pas ? C'est terrible ! » Ce qui fait toujours beaucoup rire « l'enfant » de 1,85 mètre, qui n'oublie pas de me rappeler que ça aurait pu être pire, il aurait pu être vegan !

Mon père n'est pas encore là, il arrivera ce soir pour la fête. Gennaro nous explique qu'elle dure trois jours, que toutes les femmes du village sont occupées à préparer les gâteaux traditionnels. Sauf ma grand-mère, qui a demandé pardon à San Martino hier soir à l'église, lui expliquant qu'elle l'aime beaucoup mais qu'elle préfère quand même sa petite fille, et qu'il ne faudrait pas compter sur elle cette année.

Cela explique l'absence de ma tante, qui est l'exacte réplique de ma nonna d'ailleurs, restée dans sa cuisine pour préparer 200 *crispelle* et autant de *calzoncelli*. Gâteaux typiques de ma région, frits eux aussi, bien évidemment.

Les hommes préparent de quoi rôtir les marrons chauds et installent les stands de vin. San Martino *castagne e vino* porte bien son nom.

Adel a apporté son appareil photo. Nous allons déposer nos affaires juste à côté, dans la maison de mon père et dans ma chambre d'enfant.

Pendant que mon mari fait une petite sieste, je rejoins ma grand-mère. Elle ne me laisse pas l'aider à nettoyer la cuisine : « Assieds-toi là et parle-moi. » Elle veut toujours que je lui parle, que je lui raconte ma vie. Alors je lui dis les bonnes notes de Samuel, le sourire de Mia. Je lui parle de Giulia. Je lui dis combien ma sœur lui ressemble : « Elle a le même nez que toi, tu sais, comme une petite patate. » Cette information lui arrache toujours un sourire. « Giulia, *bella di nonna*... » Elle non plus n'a jamais voulu accepter son handicap, ça lui fait mal. Un voile couvre soudainement ses yeux et son regard devient triste. Je la rassure : Giulia est heureuse, elle a un travail adapté qui lui plaît, elle a des amies. Elle va bien. Je lui dis que mon père viendra en France à Noël, et qu'on mangera tous ensemble, en famille.

Elle doit se tenir à son évier pour encaisser la nouvelle. Elle me regarde, incrédule.

« Vraiment ?

— *Si*, nonna, tu es heureuse, n'est-ce pas ? »

Elle se tourne pour ne pas que je la voie pleurer. Bien sûr qu'elle est heureuse. Depuis que nous sommes partis, elle n'a jamais cessé d'espérer des retrouvailles, un apaisement. Elle n'a jamais arrêté de prier pour que nous soyons à nouveau une famille unie. Son amour pour son fils l'a toujours empêchée de voir la réalité en face. C'était trop difficile pour elle. Elle ne pouvait pas comprendre que nous ne l'avions jamais été.

La perspective de nous savoir tous ensemble, pour une fête si importante, lui fait du bien. J'en profite : « Viens toi aussi, nonna ! Tu n'es jamais venue en France, viens ! C'est l'occasion, allez ! Fais-le pour moi ! » Mais elle ne viendra pas, je le sais. Elle n'a jamais quitté l'Italie et, depuis le décès de mon grand-père, elle n'a plus jamais quitté la région… Alors, un si long voyage… C'est impensable. J'aurais au moins essayé.

Elle me demande de lui montrer ce que je vais porter ce soir. Ce n'est pas juste de la curiosité, non, elle doit valider. C'est important, tout le village sera là. Il faut que tout le monde voie combien sa petite fille est jolie.

« Et tu as pris ton piment ? » Il s'agit de mon *curnciell*, une sorte de petit piment rouge censé éloigner le mauvais œil. J'en ai des tas, de toutes les tailles. Dans ma voiture, dans mon portefeuille, dans le studio d'Adel juste à côté d'un œil… Un grigri italien et un autre marocain valent mieux qu'un seul. Et puis j'en ai un tout petit autour du cou, que ma nonna m'a offert à la naissance, à côté de la médaille de la Madone, bien sûr. On n'a jamais assez de protections dans la vie. « Il est là. » Je le sors de mon col roulé, elle est rassurée. Il ne pourra rien m'arriver.

Je décide d'aller faire un tour dans les ruelles pour assister à l'effervescence des préparatifs.

C'est toujours aussi émouvant de voir ressurgir un souvenir au coin d'une rue, de croiser un visage familier qui nous reconnaît tout de suite, d'entendre le son des cloches, les rires des gens. J'ai admiré chaque recoin. J'ai tout photographié dans ma tête, tout retenu. La *signora* qui étend son linge dès que le soleil apparaît, le *spazzino* avec son balai qui veille à ce que les petites rues pavées restent propres, l'odeur du pain chaud en passant devant la boulangerie ou celle du café accompagné du bruit des tasses à l'approche du bar. Mon petit village est doux et coloré. Il est entouré de montagnes et il a vue sur la mer.

Il est 21 heures, la fête bat son plein. Ma nonna a mis son joli manteau et son étole préférée, celle que je lui ai offerte pour ses 80 ans et qu'elle montre à tous en disant : « Ça vient de Paris, c'est de la soie, un cadeau de ma première petite-fille. » Elle le dit avec un petit air hautain qui nous fait mourir de rire, Elena et moi.

Mon père est rentré. Il est content de nous voir, me serre un peu maladroitement. J'ai l'impression qu'il est fier de se trouver là, avec mon mari et moi, au milieu de tout le monde.

On mange, on goûte au *vino novello*, le vin issu des dernières vendanges. Ce n'est pas le plus raffiné mais il permet de se réchauffer.

On nous distribue de vieux instruments et des tambourins. On se mélange aux musiciens pour se laisser porter par la musique. Tout le monde danse, tout le monde chante.

Les enfants jouent, courent par tout en se léchant les doigts pleins de sucre. Je regrette de ne pas avoir emmené les miens. Je me fais la promesse de réparer ça l'an prochain. Adel a les yeux qui brillent. Je ne sais pas si c'est l'ambiance ou le vin.

Tout à coup, la musique devient plus solennelle. Les chants changent, les enfants se taisent. Les vieilles dames assisses se lèvent, les messieurs retirent leur chapeau. La statue de San Martino arrive. Elle paraît lourde sur les visages de ceux qui la portent. Elle avance doucement, dans les petites ruelles. Les mains se joignent à son passage, les regards se baissent. Et moi, je sens une boule qui monte dans ma gorge. Je lutte de toutes mes forces pour retenir mes larmes. Les fanfares et les processions me faisaient, déjà petite, cet effet. Je ne sais pas du tout pourquoi cela m'émeut.

Je cherche ma nonna du regard. Je cours me mettre à ses côtés. Je glisse mon bras sous le sien. J'ai de nouveau 6 ans. Elle sort son mouchoir en coton de sa poche et me le tend. Alors je ne retiens plus mes larmes. Elles explosent, jaillissent du plus profond de mon être et lavent mon cœur au passage.

Natale

21 décembre

« Je sors du spectacle de fin d'année de mon fils, qui a duré deux heures. Vous n'avez pas de l'alcool dans ce bureau ?

— C'était si terrible que ça ?

— J'ai essayé de m'immoler par le feu à l'aide de deux cailloux trouvés dans la cour de l'école.

— Adel était avec vous ?

— Bien sûr, hors de question qu'il y échappe ! On subit à deux ce genre d'épreuve. Non mais figurez-vous qu'à un moment je lui ai demandé pourquoi les enfants chantaient en allemand. Il m'a assuré que c'était du français. Je vous jure que ça sonnait allemand. Je n'ai rien compris aux paroles. Ils ont tous besoin d'un orthophoniste, ça me paraît évident, il faut les aider.

— Votre père arrive quand, Anna ?

— Dans deux jours.

— Nous ne nous verrons plus avant la mi-janvier. Si vous avez besoin d'un rendez-vous Skype après ce repas que vous redoutez, envoyez-moi un mail.

— Merci.

— Mais de rien, c'est mon travail.

— Non, je sais bien que ça va au-delà de votre travail. Je sais bien que je peux compter sur vous en dehors de ces séances, et vous ne savez pas à quel point ça compte pour moi. Je sais que vous n'êtes pas obligée de faire tout ça pour moi, et que vous le faites quand même. Je ne sais pas trop pourquoi d'ailleurs. Mais merci, vraiment. Vous êtes… comme le doudou de ma fille. Rassurant et jamais bien loin. Sauf que vous ne puez pas, vous. Dieu merci. »

J'ai reçu une coque *Friends* de la part de Giulia, un peignoir pilou de la part de ma mère. Mon mari m'a émue aux larmes avec son cadeau : un joli portrait en noir et blanc de ma nonna et moi qu'il avait pris à la fête de San Martino. J'ai ma tête sur son épaule et elle a sa main sur ma joue. On rit toutes les deux. Je nous trouve belles. Je me sens tout à coup ridicule en lui offrant la ceinture en cuir achetée pour qu'il remplace enfin celle, beaucoup trop vieille, qu'il porte tous les jours.

Mon père m'a donné un ordinateur « pour que tou écrives encore longtemps ». Il a dû vouloir se rattraper de tous les Noël sans cadeau. Je ne m'y attendais pas du tout. Je bafouille un « merci » un peu gêné. Les enfants ont reçu beaucoup trop de présents, et ce n'est que la première partie. Le deuxième round, ce sera pour demain, chez mes beaux-parents, qui, en accueillant une belle-fille catholique, ont aussi adopté toutes les fêtes. Rien n'est laissé au hasard : sapin, huîtres, cadeaux.

L'esprit de Noël, c'est ce genre d'attention pour les autres.

Au milieu des bruits de jouets téléguidés, des cartons et du papier cadeau, mes parents échangent. Se remémorent. Ils rient parfois. Je découvre qu'il y a eu aussi de beaux moments. Des instants de bonheur. Des souvenirs resurgissent soudain. À la plage tous ensemble, à table le dimanche, la cueillette des noisettes, les vendanges.

Des flashs, des images refoulées, cachés quelque part tout au fond de mon cœur, dans un vieux coffre plein de poussière. La tristesse, la colère et les cris étaient autant de pierres posées dessus. Mon plus beau cadeau de Noël, ce sont tous ces bras qui m'aident à les retirer, une à une, pour laisser s'échapper les jolis souvenirs.

2016

Partenza

25 janvier

« Je reviens de Biarritz. Comme l'année dernière, j'y ai retrouvé mes amies Sophie, Cynthia et Virginie. J'en ai profité pour nous inscrire dans quelques agences immobilières. Il est temps de trouver un petit appartement pour nous accueillir à la rentrée.

— Le départ approche… Comment vous sentez-vous ?

— Bien. Nous y retournons en famille pendant toute une semaine aux vacances d'hiver. Nous allons prendre le temps de faire des visites, de voir les futures écoles des enfants. Ça devient concret, j'ai hâte.

— Pas de crises d'angoisse ?

— Encore quelques-unes, mais elles me font de moins en moins peur. Je les gère comme un petit imprévu du quotidien. Comme une gastro en pleine nuit ou un pneu crevé : c'est pénible, mais ce n'est pas la fin du monde.

— Wow, je suis impressionnée, Anna, vraiment. Le chemin parcouru est énorme, vous pouvez être fière de vous !

— Je crois que je le suis. »

J'invite ma sœur et ma mère à dîner chez nous. Je réalise que je ne l'ai certainement pas assez fait. L'imminence d'un départ donne envie de rattraper le temps perdu.

Je me demande ce que j'aurais fait, petite, si j'avais su que j'allais bientôt déménager dans un autre pays pour toujours.

Je me serais sûrement enchaînée au lit de ma grand-mère. J'aurais englouti des kilos de gâteaux Mulino Bianco. J'aurais joué des heures avec Rita *e* Lia et je leur aurais sûrement demandé de me planquer chez elles, sous le lit, pour qu'on ne me retrouve jamais. Je serais allée plus souvent à l'église prier pour qu'on me laisse là. J'aurais joint mes mains plus fort et crié à Dieu que ça suffisait les conneries. J'aurais demandé à ma tante de m'adopter, à Elena d'élaborer un plan diabolique pour faire dérailler le train qui allait m'emmener loin d'elle. J'aurais sillonné les rues, respiré les odeurs, essayé d'enfermer la mer dans une petite bouteille pour l'emmener avec moi. J'aurais gravé en moi la sensation de mes pieds nus sur le sable chaud. Je serais allée rendre visite à ma maîtresse de primaire, j'aurais couru chez Mario pour l'avertir de ce qui était en train de se passer. J'aurais supplié mon père, imploré ma mère.

Finalement, il vaut peut-être mieux ne pas savoir.

Silenzio

Février

De : Lizy
À : Anna

Anna, nous devions nous voir aujourd'hui mais vous n'êtes pas venue au rendez-vous, sûrement un oubli. Envoyez-moi un mail pour fixer une nouvelle date.

Élisabeth.

De : Lizy
À : Anna

Bonjour Anna, je n'ai pas de nouvelles, je suis inquiète. J'espère que vous allez bien. Appelez-moi s'il vous plaît.

De : Lizy
À : Anna

Anna, j'ai essayé de vous joindre par téléphone. Je scrute votre blog en attendant un nouvel article, mais rien. Quelque chose ne va pas, j'en suis désormais certaine, mais je suis là pour vous. J'espère avoir de vos nouvelles au plus vite.

Addio

19 mars

De : Anna
À : Liz
Bonjour Lizy,

Vous ne le savez pas mais je vous ai toujours appelée comme ça. J'ai pour habitude de donner des surnoms aux gens que j'aime.

Je suis désolée de vous avoir laissée sans nouvelles. J'ai eu besoin de tout couper. D'encaisser. De faire un tri dans ma tête. De pleurer.

J'ai ouvert ma boîte mail hier. J'ai trouvé vos inquiétudes au milieu des demandes de partenariat, des pubs pour le thé drainant, des remises exceptionnelles, des invitations aux événements, des messages de mes lectrices et de 2 172 autres courriels que je n'ai pas encore identifiés. Il va me falloir encore un peu de temps pour mettre tout ça en ordre et pour redevenir comme avant.

Les enfants vont bien. Ils sont déçus de ne pas être partis à Biarritz comme prévu. Adel a arrêté de fumer. Je suis fière de lui.

Moi, j'ai commencé en cachette. C'est horrible, ça pue et j'ai l'impression de crever à chaque bouffée. Pourquoi les gens payent pour s'infliger ça ?

J'ai dîné hier soir avec Joh et Agathe. Il y avait même Eva. C'est dire à quel point la situation est délicate. Elles essaient de me faire rire. Agathe a raté un gâteau exprès, cette fois, pour que je me marre.

Virginie et Cynthia font le voyage depuis le Sud-Ouest, ce week-end. Sophie laisse quatre enfants dont un avec une jambe dans le plâtre pour nous rejoindre. Nous allons passer quelques jours en forêt toutes les quatre. Elles ont tout prévu : de l'alcool et des bonbons.

Mes beaux-parents sont rentrés de leur escapade au Maroc plus tôt que prévu pour s'occuper des enfants.

Ma mère ne dit rien, elle est comme figée.

Giulia pleure tout le chagrin contenu depuis sa naissance.

Je m'inquiète pour ma nonna. Elle n'a plus goût à rien. Elle me dit qu'elle prie sans arrêt en criant à Dieu que ça suffit maintenant. Elle a des marques aux mains à force de les avoir jointes trop fort. Mais Dieu n'entend rien, et il n'y a pas de retour en arrière possible.

Mon père est mort, le mois dernier. Depuis, j'essaie juste de comprendre ce que je ressens.

Lutto

20 juin

« Vous allez être fière de moi : Mia a eu de la fièvre hier et je n'ai même pas paniqué.

— Combien de fois par heure lui avez-vous pris la température ?

— Deux, allez, trois fois grand maximum.

— Les progrès sont énormes. Comment vous sentez-vous ?

— Je vais bien, je m'inquiète énormément pour ma nonna. J'ai fait beaucoup d'allers-retours pour être près d'elle. J'ai trop pioché dans notre budget Biarritz mais j'ai si peur que son chagrin l'emporte.

— Et vous ? Votre deuil ?

— J'essaie de l'apprivoiser, de faire sa connaissance. Parfois, j'ai l'impression de devoir le porter à bout de bras et il pèse lourd. D'autres jours, on arrive à marcher côte à côte comme des copains. Ma mère m'a avoué avoir perdu l'amour de sa vie. Quelle tristesse cela doit être, tomber amoureux de la mauvaise personne. De celle qui vous fera tant de mal par sa présence et plus encore par son absence. Je suis heureuse d'avoir accordé à mon père une deuxième chance. J'aurais aimé que la vie lui laisse un peu plus de temps pour me démontrer qu'il la méritait. »

Fiori

15 septembre

« Bonjour, Anna !

— Bonjour, ce n'est pas la classe ça, un rendez-vous depuis la gare de l'Est ?!

— Je voyage beaucoup avec vous. Vous êtes à Paris pour le travail ?

— Oui, depuis la rentrée, ça n'arrête pas, mais je suis contente d'avoir pu caser notre rendez-vous Skype avant de prendre mon train retour.

— Je sens que vous avez de moins en moins besoin de moi, j'en suis heureuse.

— Arrêtez de raconter n'importe quoi, j'ai beaucoup trop besoin de vous encore ! Nous avons repoussé notre déménagement à Biarritz, mais c'est toujours en projet. En attendant, on renfloue les caisses, on prépare le terrain, c'est la course. Je n'ai même plus le temps pour une petite crise d'angoisse tranquille ! Et, le soir, je m'écroule comme une masse !

— Les enfants vont bien ?

— Oui, d'ailleurs, ils viennent me chercher à la gare avec leur père, ce soir. J'ai hâte de les retrouver.

Samuel m'a confié qu'il prévoyait une surprise et Mia a hurlé qu'elle n'avait pas le droit de le dire mais que c'était des fleurs ! »

20 h 17. Arrivée en gare.

Mince, je me suis assoupie. J'espère que je n'ai pas bavé sur mon épaule. Il va falloir remettre ces foutus escarpins qui me torturent les pieds.

En descendant du quai, une jeune femme m'aborde : « Vous êtes Anna ? Oh, je vous suis sur les réseaux sociaux. J'adore vous lire, vous me faites trop rire ! » J'échange quelques mots avec elle et la remercie d'avoir pris le temps d'être venue me dire des choses si gentilles.

Plus loin, j'aperçois un bien joli tableau. Adel me fait coucou, Mia dans ses bras l'imite et, juste à côté d'eux, s'agite un énorme bouquet de lys avec des jambes.

J'embrasse mon mari et ma fille. Je m'accroupis pour découvrir le sourire de Samuel, là, juste derrière les fleurs, ainsi que ses immenses yeux verts hérités de mon père.

Riuniti

9 décembre

« Adel a fait sa première exposition de photos le week-end dernier, ça a été un succès. Je suis si fière de lui et du chemin qu'il a parcouru. Il peut enfin photographier ce qu'il aime vraiment, ce qui le touche. Au milieu des couchers de soleil et des portraits d'inconnus, il y avait la photo, en grand format, de ma nonna et moi. Je l'ai appelée en visio pour lui montrer ça en vrai. Elle a un iPhone maintenant et sait parfaitement s'en servir !

— Comment a-t-elle réagi ?

— Elle était gênée, s'est inquiétée de sa coiffure pas au top affichée aux yeux de tous !

— La coquetterie avant tout !

— Il y avait aussi un cliché de mon père et de ma mère, assis à table, à Noël dernier. Adel avait peur de ma réaction. Je ne m'y attendais pas, mais je l'ai trouvé joli. J'ai compris pourquoi il l'avait pris : voilà l'unique endroit où ils seront éternellement unis et heureux. Ma mère a changé de travail. Après vingt ans à faire le ménage, elle a suivi une formation et a accepté un poste au secrétariat du foyer où vit Giulia la semaine. Elles m'ont dit s'être déjà renseignées toutes les deux pour un abonnement SNCF afin de venir nous rendre visite le plus souvent possible lorsque nous serons installés à Biarritz.

— Anna, j'ai une bonne nouvelle pour vous. Je crois que nous arrivons bientôt au bout de votre thérapie. »

2017

Arrivo

20 avril

« Nous avons trouvé un très joli appartement ! Ce n'est pas encore la maison de mes rêves, avec pleine vue sur l'océan, mais nous sommes à moins de vingt minutes à pied de la plage, et ça me va déjà parfaitement !

— Je suis heureuse pour vous. Vous partez quand ?

— En juillet, je pense. Le plus difficile sera de renoncer à l'Italie cet été, mais je n'ai pas encore gagné au loto et il nous est impossible de tout faire.

— Votre grand-mère va bien ?

— Elle a accepté d'arrêter de porter du noir. Ma tante prend soin d'elle et ne lui laisse pas d'autre choix que celui d'aller de l'avant. Elle me dit qu'elle ne supporte pas de voir la maison vide, que, chaque matin, elle traverse la cour pour aller ouvrir les volets, aérer. C'est un crève-cœur. Elle me demande d'aller m'installer près d'elle plutôt qu'à "Biarrì", comme elle dit. Mais je sais trop ce que ça fait d'être arraché à son pays pour l'imposer à mes enfants. Je lui explique que, dès qu'ils seront plus grands, je viendrai y passer le plus de temps possible, et qu'en attendant je compte sur elle pour maintenir cet endroit en vie. »

Lizy a raison : je suis allée au bout de ma thérapie, au bout du chemin qu'elle m'offrait. Il a été long, sinueux, semé d'embûches. Il y a eu les crevasses sur la route qui m'ont fait chuter, les jolis paysages après une montée éprouvante. J'ai cueilli quelques fleurs au passage, traîné des pieds. J'ai parfois eu envie de tout arrêter, de prendre un bus et de rentrer, surtout quand l'issue me semblait trop lointaine, inatteignable, comme une oasis en plein désert.

Je suis fière d'avoir tenu bon toutes ces années. De ne pas avoir baissé les bras. Je me suis délestée de pas mal de choses en chemin et j'ai gagné en force et en confiance en moi. J'ai compris que mon passé ne devait plus être un obstacle à mon futur, mais que j'allais puiser en lui le courage d'aller toujours de l'avant.

Nous sommes convenues d'un dernier rendez-vous auquel je n'irai pas, elle le sait tout autant que moi. J'ai fait beaucoup de progrès, mais je suis toujours aussi nulle pour les au revoir.

Je préfère lui dédier un article sur mon blog et lui envoyer le lien par mail.

Et puis, si je veux bien me passer de la psy, je ne compte pas me passer de la femme. Nous nous sommes un peu rassurées mutuellement.

« De toute façon, vous me donnerez des nouvelles, Anna ? Promis ? Même après ? »

Bien sûr que oui.

Elle a été celle qui a changé ma vie.

2018

Inizio

31 mars

C'est une journée magnifique sur la côte basque.

Après avoir déposé les enfants à l'école, je file marcher sur la plage et faire un peu de yoga. Je vis le cliché de mes rêves.

Je poste une photo du paysage sur Instagram. Bonjour d'ici ! Virginie commente avec un : On vous rejoint ce week-end, et on apporte le dessert !

Ma maman et Giulia viennent une fois par mois. Ma sœur adore se promener sur la plage avec son neveu et sa nièce. Ma mère profite de ces parenthèses reposantes pour se ressourcer. Il nous arrive même de discuter à cœur ouvert, de faire des choses ensemble. Biarritz agit sur nous comme un pansement magique.

Elena nous a déjà rendu visite deux fois dont une avec ma tante. Elles aussi sont tombées sous le charme de cette ville. Je ne désespère pas qu'elles parviennent, un jour, à amener ma nonna. En attendant qu'elle se décide, je lui fais visiter la ville en FaceTime.

Je l'embarque avec moi au marché, en balade. On cuisine ensemble, on boit un café. L'autre jour, elle m'a même emmenée à l'église avec elle. J'ai dû subir la messe pendant une heure en silence. Je prends un vol dès que possible pour aller l'embrasser.

Un SMS groupé à Agathe et Joh pour leur confirmer que notre location des vacances est OK. Cette année, nous partons toutes les trois en famille en Italie. J'ai trop hâte ! me répond Joh. J'attends ce moment depuis la sixième ! ajoute Agathe.

Je fais un détour par le nouveau studio d'Adel. Il a dû embaucher un assistant car il n'arrivait plus à tout gérer tout seul. Il continue à voyager régulièrement. Les enfants disent que leur papa est chasseur de couchers de soleil. Je lui dépose un café et un baiser, et je rentre chez nous.

Après une bonne douche, il sera plus que temps de me mettre au travail. J'écris désormais aussi pour un magazine papier. J'ai noué de beaux partenariats pour l'année à venir. Je ne sais toujours pas où ce blog me mènera à long terme. Je profite de l'instant présent et du bonheur de pouvoir faire ce métier atypique et épanouissant.

Certaines choses continuent de me faire très peur, de me paralyser et de m'angoisser. Je me résous à ne jamais être pleinement sereine. J'accepte le fait qu'elles fassent partie de moi. Mais je ne les laisse plus dicter ma vie.

Un détour par ma boîte aux lettres pour la suite du rituel quotidien. Deux petits colis, des courriers et une grande enveloppe brune qui attire immédiatement mon attention.

Bonjour Anna,

J'avais envie de vous envoyer ces quelques notes, choisies pour leur sens, leur formulation, leur portée et parce qu'elles reflètent votre restauration psychique. Mais cela reste mon choix, dans le flot de notes que j'ai prises au long de notre travail.

Je me suis dit aussi que, comme vous bloquiez pour vous lancer dans l'écriture d'un roman, les premiers mots prononcés lors de votre toute première séance avec moi pourraient faire l'affaire. Mais ce n'est qu'une idée... ou peut-être mon dernier petit coup de pouce. En tout cas, ce roman, écrivez-le, il achèverait bien votre thérapie.

Je tenais aussi à ce que vous sachiez que vous êtes une vraie belle personne. Je sais que vous n'aimiez pas qu'on vous le dise (notez que j'emploie l'imparfait) mais vous avez de grandes qualités, vous avez été capable d'aller chercher au fond de vous. Je suis heureuse de vous avoir aidée à les faire réémerger et, surtout, à vous les faire accepter.

Moi aussi, je vous remercie, Anna, parce que c'est magnifique de terminer sa vie professionnelle en étant fière de ce qu'on a accompli. Merci pour votre billet de blog, que j'ai fait lire à toute ma famille tant j'étais émue. Mon mari, mes enfants ont tous été touchés. Comme quoi votre écriture est belle et sait créer les émotions.

Alors, continuez à me donner de vos nouvelles... et mettez-vous au travail.

Élisabeth, Lizy.

Il est 10 h 13 en ce mercredi 31 mars. Le soleil brille sur la côte basque. Je me sers un thé et m'installe sur mon balcon.

C'est une très belle journée pour commencer à écrire un roman.

Remerciements

J'ai le trac.

Je ne sais pas vous, mais moi, en tant que lectrice, j'attends beaucoup des remerciements… C'est comme lorsqu'un artiste revient sur scène à la fin du spectacle pour une dernière chanson, une dernière blague ; je ne raterais ça pour rien au monde, ce petit bonus.

Je veux vous raconter l'histoire de *Ciao Bella*, de ceux qui l'ont rendu possible, de tout ce qu'ils ont mis en œuvre pour m'aider, me motiver, me soutenir.

Début 2017, Biarritz. Trois femmes, un brin cinglées, m'obligent à inscrire sur ma liste de choses à accomplir : « Écrire un roman ! »

Les bonnes résolutions, ce n'est pas trop mon truc. Je suis pleine de bonne volonté au départ, et puis je trouve toujours mieux à faire : lire les livres des autres, regarder une série, entamer une petite sieste… Bref, la base pour tout procrastinateur qui se respecte.

Pourtant, au cours de cette année-là, j'ai enfin l'inspiration que j'attendais. J'écris quelques pages, mais, début 2018, à Biarritz, à l'heure du bilan, toujours pas de roman.

Mes amies passent à la vitesse supérieure : les menaces. Là je prends peur, parce qu'elles ont de quoi faire pression – notamment une belle collection de photos de moi avec mes doubles mentons.

À mon retour à la maison, j'émets l'idée de partir seule en Italie, dans ma maison d'enfance, où je n'aurai d'autre choix que d'écrire.

J'avoue avoir espéré que ça ne puisse pas se faire. J'avais la trouille.

Mais les astres sont contre moi – ou *avec* moi. Ma mère commence. « Tu pars, je m'occupe des enfants ; fais ce que tu as à faire et ne t'inquiète de rien. » Mon mari suit : « Tu pars, ta mère s'occupe des enfants (GÉ-NI-AL !). (Oui, il a beaucoup d'humour…) Ça me fera une semaine de vacances sans vous. Fais ce que tu as à faire et ne t'inquiète de rien. » Mes enfants (ces ingrats) s'en mêlent : « Coooooool!!! Chez mamie, c'est trop bien ! » Et puis mon père : « Tu es ici chez toi, ma fille. Viens l'écrire, ce livre. Je t'attends. » Et enfin mon frère : « Tu es sérieuse, là ? Tu vas vraiment venir m'emmerder jusqu'ici ? »

Bref, je ne pouvais plus reculer.

En Italie, le miracle se produit. J'y arrive, les mots sortent tout seuls. Mon frère râle, mais m'allume un beau feu de cheminée avant de partir le matin et de me laisser notre maison avec le silence dont j'ai besoin. Ma *zia* me prépare à manger midi et soir pour que je n'aie à me concentrer que sur l'écriture (et ma digestion, parce que ce n'était pas toujours léger léger). Ma cousine se charge de me distraire lorsque mon cerveau est en surchauffe, mon père s'assure que je ne manque de rien, et mes amies d'enfance viennent partager des souvenirs autour d'un café et d'un gâteau au citron fait avec amour.

Je rentre en France avec un ordinateur plus lourd de milliers de mots et le cœur plus léger d'avoir écrit cette histoire.

C'est à mes amies que je confie en premier mon texte.
Elles se transforment en pom-pom girls au bord d'un terrain de football américain. Elles adorent et me disent qu'elles sont fières de moi…
Je commence à croire que ça pourrait plaire.
Mêmes retours enthousiastes des autres premières (re)lectrices. Ma confiance grandit encore.

Alors je tente le tout pour le tout et envoie mon bébé dans la cour des grands, aux maisons d'édition que l'on pense inaccessibles, à celles qui font rêver.
C'est Benoit qui l'intercepte au cherche midi. (Benoit, c'est un peu ma marraine la bonne fée – la baguette en moins, l'humour en plus.)
Il aime lui aussi. Il met l'enfant entre les mains de celle qui deviendra quelques semaines plus tard mon éditrice : Noëlle. Avec Delphine, qui travaille avec elle, elles m'aident à améliorer mon roman, sans jamais changer l'essence de ce que je veux transmettre, en me laissant toute liberté, tous les choix, en m'écoutant et en m'accordant une confiance de tous les instants.
Toute l'équipe de cette jolie maison m'a entourée et m'entoure encore d'une bienveillance que je n'avais encore jamais connue jusque-là.

Et voilà, c'est fait.
C'est grâce à toutes ces personnes et aux libraires qui, je l'espère, le déposeront entre vos mains, que *Ciao Bella* existe.

Alors merci, merci à vous tous d'avoir eu assez confiance en moi pour me permettre d'en avoir aussi et d'écrire cette histoire qui me tient tant à cœur.

Merci à vous, lectrices, lecteurs. Il y a celles et ceux qui me suivent sur les réseaux sociaux et me le réclament depuis longtemps, ce livre, et puis il y a celles et ceux qui me découvrent. Que vous apparteniez à l'une ou l'autre de ces catégories, merci d'avoir fait confiance à ce premier roman.

Je risque d'attendre vos retours comme on attend les résultats d'une prise de sang.

J'espère que je ne suis pas enceinte. Et que vous avez passé un bon moment.

Merci à mes parents de m'avoir mise au monde dans mon beau pays. Merci de faire de votre mieux. Maintenant que j'ai des enfants moi aussi, je sais que ce n'est déjà pas si mal.

Merci à mes petits frères d'êtres aussi pénibles : vous remplissez à la perfection votre rôle, et je vous aime pour cela. Merci à ma petite sœur, fleur extraordinaire et rare dans un jardin de mauvaises herbes.

Merci à mon mari d'être le roc solide dans la tempête de ma vie.

Merci à mes fils pour leur amour. C'est un cadeau précieux que je chéris tous les jours.

Merci à ma *zietta* et à Anna, ma cousine, d'être toujours là pour moi.

Merci Lia, Rita, pour le café et le gâteau au citron.

Merci Virginie Grimaldi, ma première lectrice, ma coach, mon amie. Sans toi pour croire si fort en moi,

Anna n'aurait jamais vu le jour. J'ai une chance folle d'avoir quelqu'un comme toi pour m'épauler au quotidien. Merci pour ta dose de folie, pour nos longues conversations inspirées, pour ton honnêteté.

Merci à toutes mes amies, femmes de ma vie, piliers incontournables de mon existence.

Merci de m'avoir relue, supportée dans tous les sens du terme.

Merci Cynthia, Sab, Steph, Sophie, Marianne, Adeline, d'être celles que vous êtes.

Merci Ana M., Solenn V., Camille Anseaume, Jess Cymerman pour la relecture, vos corrections, vos conseils et votre soutien.

Merci à Noëlle et à toute l'équipe du cherche midi.

Merci Anne-Marie H. F. pour l'aide précieuse pendant de longues années, et merci pour le dernier coup de pouce.

En ce début d'année 2019, et alors que je finalise ces remerciements, je m'apprête à rejoindre mes amies à Biarritz, là où tout a commencé.

Alors un dernier petit merci à la vie, qui peut aussi réserver de belles surprises, et surtout à ma nonna qui, de là où elle est, n'oublie jamais de me rendre visite au creux de mes rêves pour me glisser un sourire et un… « *Ciao Bella !* »

Table des matières

2010

2011

2012

2013

2014